인형의 집

MINI BOOK
CLOUD
LIBRARY
28

인형의 집

A Doll's House
Et Dukkehjem

헨리크 입센 지음
이재호·이한준 옮김

생각뿔

〈등장인물〉

노라

토르발 헬메르 변호사, 노라의 남편

이와르, 에미, 보브 헬메르 부부의 세 자녀

랑크 박사 의사

린데 부인

닐스 크로그스타 변호사

안네마리 보모

헬레네 하녀

하녀들

심부름꾼

1막

A Doll's House
Et Dukkehjem

헬메르의 집. 사치스럽지 않으면서도 우아하게 장식된 아늑한 거실.

무대 배경의 뒤쪽 벽에는 두 개의 문이 있다. 왼쪽 문은 헬메르의 서재로, 오른쪽 문은 현관으로 통한다. 두 문 사이에는 피아노가 놓여 있다.

왼쪽 벽 가운데에는 문이 있고, 그 문 주변에는 창문이 하나 있다. 창문 쪽으로는 둥근 테이블, 팔걸이의자 몇 개, 작은 소파가 있다.

오른쪽 벽 안쪽 깊숙한 곳에는 문이 있고, 그보다 조금 앞선 곳에 벽난로가 있다. 그 앞에는 팔걸이의자 두 개와 흔들의자가 있다. 이쪽의 문과 벽난로 사이에는 작은 테이블이 있다.

여러 벽에는 동판화들이 걸려 있다. 또 도자기와 작은 미술품이 놓인 캐비닛, 호화스러운 겉표지를 자랑하는 여러 책이 꽂혀 있는 작은 책장도 보인다. 바닥에는 양탄자가 깔려 있고, 벽난로에는 불이 타고 있다.

어느 겨울날, 현관에서 초인종이 울린다. 잠시 후 문이 열리는 소리. 노라가 유쾌하게 콧노래를 흥얼거리며 집으로 들어온다. 바깥옷을 입은 노라가 양팔 가득 들고 온 짐을 오른쪽 테이블 위에 내려놓는다. 노라가 열어 놓고 들어온 문으로 크리스마스트리와 바구니를 든 심부름꾼이 보인다. 심부름꾼은 문을 열어 준 헬레네에게 짐을 준다.

노라 헬레네, 그 트리를 잘 감춰 두어야 돼. 적어도 오늘 저녁까지는 아이들 눈에 띄면 안 되지. 아마 그때쯤 장식할 테니까. (돈 주머니를 꺼내며 심부름꾼에게) 얼마인가요?

심부름꾼 50외레입니다.

노라 여기 1크로네(100외레) 드릴게요. 잔돈은 됐고요.

심부름꾼은 고맙다는 인사를 건네고 자리를 떠난다. 노라는 문을 닫고, 연신 웃으며 바깥옷을 벗는다. 이어 주머니에서 포장된 마카롱을 꺼내서 한두 개 먹는다. 그러고는 살금살금 남편의 방문 앞까지 걸어가 귀를 기울인다.

노라 흠, 방 안에 계시는구나. (다시 콧노래를 흥얼거리며 이번에는 오른쪽에 놓인 테이블로 걸음을 옮긴다.)

헬메르 (서재 안에서 들리는 소리) 그쪽에서 노래하는 것은 우리 집 종달새려나?

노라 (가져온 짐을 부지런히 풀면서) 그런가 보지요.

헬메르 그곳에서 뛰노는 것은 우리 집 다람쥐려나?

노라 그럼요.

헬메르 다람쥐는 언제 돌아온 거지?

노라 방금 돌아왔네요. (조금 전 먹은 마카롱을 주머니에 넣고 입을 닦으며) 여보, 이리 와서 제가 무엇을 가져왔는지 구경해 보세요.

헬메르 방해하지는 말아 줘. (하지만 곧 문을 열고 얼굴을 빼꼼 내민다. 손에는 펜을 들고 있다.) 대체 얼마나 사 온 거야? 우리 귀여운 아가씨가 이번에는 돈을 꽤 쓰셨네?

노라 여보, 올해는 좀 달라야지요. 곤궁하지 않게 보내는 크리스마스는 올해가 처음이잖아요.

헬메르 그래도 이건 아니지. 당신도 알겠지만, 우리는 돈을 낭비하면 안 되잖아.

노라 아이참, 이 정도는 괜찮아요. 그렇지요? 보세요. 아주 조금이잖아요. 또 이제부터는 우리에게 많은 돈이 들어오지 않겠어요? 당신이 아주 좋은 자리에 앉게 되었으니까요.

헬메르 하지만 새해부터잖아. 그리고 수입이 많아지려면 석 달 정도는 있어야 되고.

노라 그렇다면 빌려 쓰면 되지요.

헬메르 (장난삼아 노라의 귀를 잡아당기며) 아이고, 노라! 또 무분별해지려고 그러네? 만약 내가 오늘 1,000크로네를 빌려서 크리스마스에 모두 써 버리고, 내가 다음 날 사고로 죽기라도 하면 어쩌려고 그래.

노라 (헬메르의 입을 손으로 막으며) 무슨! 그런 끔찍한 소리 하지 마요.

헬메르 하지만 정말 그런 일이 생긴다면…… 어쩌지?

노라 그렇다면 빚이 중요한가요. 있거나 없거나 마찬가지겠지요.

헬메르 하지만 돈을 빌려준 쪽의 생각은 다르겠지.

노라 당신이 그렇게 되는데, 그런 사람 입장이 중요한가요! 어차피 남인데요, 뭐.

헬메르 노라, 노라! 빚은 만들면 안 된다는 게 내 신념인 것
　　　모르오? 자고로 빚을 진 집안은 활발할 수 없는 법이지.
　　　게다가 그 집안에는 항상 불길한 조짐이 생기는 법이오.
　　　지금껏 우리 둘이 잘 버텨 왔잖소. 조금만, 아주 조금만
　　　더 참아 주오.

노라 (풀이 죽은 채 벽난로를 향해 걸어가며) 알겠어요. 당신 생
　　　각대로 하세요.

헬메르 (노라를 따라가며) 이보세요. 내가 그렇게 말했다고 이
　　　처럼 아름다운 종달새가 날개를 움츠리고 있어서야 되
　　　겠나. 이 다람쥐는 얼굴이 잔뜩 부어오르셨네? (지갑을
　　　들며) 노라! 이 안에 무엇이 있을 것 같소?

노라 (재빨리 뒤돌아보며) 돈이군요!

헬메르 (지폐 몇 장을 꺼내 노라에게 주며) 자, 받으시오. 나도 크
　　　리스마스에 어느 정도 돈이 필요하다는 것쯤은 알고 있
　　　지.

노라 (받은 돈을 헤아리며) 열 장…… 스무 장…… 서른 장……
　　　마흔. 어머! 정말 고마워요, 여보! 이것만 있어도 당분간
　　　은 잘 먹고살 수 있겠어요!

헬메르 그 말, 확실한 거지?

노라 아이참, 그렇다니까요. 그것도 그거지만, 일단 이리 와

보세요. 제가 사 온 걸 보여 드려야지요. 이것은 이와르의 새 셔츠랑 긴 칼이에요. 또 보브가 쏠 말과 나팔도 있고요. 에미에게 줄 인형과 침대. 이것들은 조금 값싼 것이기는 하지만, 어차피 그 아이는 곧 망가뜨릴 거니까요. 하녀들을 위해서는 옷감과 행주를 샀어요. 늙은 안네마리에게는 좀 더 주어야 할 것 같고요.

헬메르 여기 꽁꽁 묶어 놓은 것은 뭐지?

노라 (다급히 소리친다.) 여보! 그건 아직 안 돼요. 오늘 밤까지는 열지 말아요!

헬메르 에이, 괜찮아! 하지만 이 낭비 잘하는 아가씨, 당신을 위해서는 어떤 걸 샀지?

노라 저요? 저는 아무것도 필요 없어요!

헬메르 그렇게 이야기하지 말고. 자, 너무 비싸지 않은 것 중에서 당신이 제일 가지고 싶은 걸 말해 보겠소?

노라 음, 잘 모르겠는데…… 아! 여보……

헬메르 그래.

노라 (어색하게 그의 옷을 매만지며 얼굴을 보지 못하고) 만일 주시려면요……. 그렇다면…….

헬메르 어서 말해 보시오.

노라 (갑자기 급한 말투로) 돈을 주세요! 마음 내키는 만큼요!

그러면 제가 그걸로 뭐라도 살게요!

헬메르 음, 여보…….

노라 그렇게 해 주세요, 네? 부탁할게요. 그렇다면 저는 그 돈을 예쁜 금박지에 싸서 이 트리에 매달아 놓을게요. 재미있지 않을까요?

헬메르 흠…… 돈을 헤프게 쓰는 새를 뭐라고 하더라?

노라 알아요. 낭비가 심한 새라고 하겠지요. 하지만 이번에는 제 바람대로 하게 해 주시면 안 될까요? 그렇게 하면 어떤 것을 사야 할지 생각할 시간도 생기잖아요!

헬메르 (웃으며) 그래, 맞는 말이야. 물론 당신이 정말 그 돈을 소중히 간직하다가 오롯이 당신을 위해서 쓰게 된다면 말이지. 하지만 그 돈은 결국 집안일에 쓰일 거고, 나는 또다시 돈을 주어야 하는 상황에 놓이겠지. 아이고!

노라 그렇지만…….

헬메르 나의 어여쁘고 귀여운 노라, 차마 아니라고 말하지는 못하겠지. (그녀를 꼭 껴안으며) 이 새는 귀엽기는 한데, 돈이 참 많이 든단 말이야.

노라 아이참! 저는 가능한 한 아끼려고 한단 말이에요!

헬메르 (껄껄 웃으며) 틀린 말은 아니지. 하지만 당신은 사실 그걸 잘하지 못하잖소.

노라 (소리 없이 즐겁게 웃으며) 흥, 당신도 우리 다람쥐와 종달새에게 돈이 얼마나 많이 드는지 알아주었으면 좋겠네요!

헬메르 당신은 참 안 됐어. 당신 아버지가 그랬던 것처럼 말이야. 당신은 돈을 손에 넣으려고 갖은 노력을 다하지. 하지만 돈이 생기면 그것은 곧장 손가락 사이로 빠져나가더군. 심지어 돈을 어떻게 썼는지도 전혀 모르고 말이야. 그래. 어쩌면, 이건 유전일 거야. 당신은 아버지의 피를 물려받을 수밖에 없으니까.

노라 저는 아버지의 영향을 받은 게 좋은 걸요.

헬메르 그래, 나도 당신 모습 그대로가 좋아. 절대 다른 사람이 되기를 바란 적은 없지. 하지만 오늘은…… 무언가 당신이 나에게 숨기는 게 있는 것 같단 말이지.

노라 제가요?

헬메르 내 눈을 봐봐.

노라 (눈을 동그랗게 뜬 채로 헬메르를 바라보며) 이렇게요?

헬메르 (고개를 가로저으며) 흠, 단것을 좋아하는 당신이 오늘 빵집을 그냥 지나갔을 리가 없을 것 같단 말이야. 그렇지 않소?

노라 무슨 소리에요. 왜 그렇게 생각하는 거지요?

헬메르 그럼 오늘 빵을 조금도 사 먹지 않았다는 거야?

노라 그럼요, 맹세해요!

헬메르 사탕을 사 먹지도 않았고?

노라 절대, 절대로요!

헬메르 마카롱 한두 개를 먹은 것은 아니고?

노라 아니라니까요, 여보. 약속할게요.

헬메르 그래, 당연히 그래야지. 농담이었어.

노라 (오른쪽에 있는 테이블로 향하며) 저는 단 한 번도 당신의 뜻에 반하는 일을 저지른 적이 없단 말이에요.

헬메르 그래, 분명히 약속했어. 알겠지? (아내에게 다가가며) 자, 어서 크리스마스 선물을 감추어 두라고. 오늘 밤 트리에 불이 켜지면 다 알게 되겠지.

노라 혹시 오늘 랑크 박사님을 초대하는 걸 잊으신 건 아니겠지요?

헬메르 흠, 깜박하고 있었네. 하지만 굳이 초대라고 할 필요 있나. 그분이 우리와 식사하는 건 당연한 일인걸. 그래도 오늘 아침에 우리 집에 온다면 한 번 더 이야기해 주어야겠네. 내가 오늘 정말 값비싼 와인을 주문했거든. 노라, 당신은 내가 오늘 밤을 얼마나 즐겁게 기다리고 있는지 상상할 수 없을 것이오.

노라 나도 마찬가지예요. 우리 아이들도 정말 좋아하겠지요.

헬메르 아, 넉넉한 수입과 좋은 일자리가 주어졌다는 사실이 얼마나 황홀한지. 너무 즐겁지 않소?

노라 그럼요, 정말 대단한 일이지요!

헬메르 지난 크리스마스 생각나오? 당신은 3주 전부터 밤마다 크리스마스트리에 장식하느라 정신이 없었지. 우리를 놀라게 해 주려고 말이야. 하지만 나는 여태껏 살아오면서 그때만큼 지루했던 적은 없었던 듯해.

노라 흠, 저는 전혀 지루하지 않았는걸요.

헬메르 (웃으며) 그렇게 3주 동안이나 노력했는데, 결과는 별로였던 것도 기억하려나?

노라 또, 또! 그 이야기로 날 놀리려고 그래요? 고양이가 갑자기 모든 장식을 물어뜯는 바람에 엉망이 된 거잖아요. 저도 어쩔 수 없었다고요.

헬메르 우리 귀여운 노라, 당신은 어떤 일이든 잘하지 못해. 하지만 이 이야기의 핵심은 당신이 우리를 위해 그토록 지난한 일을 했다는 것이네. 이제 그토록 어려웠던 시절도 다 끝나 가는구나!

노라 맞아요, 정말 잘된 일이지요!

헬메르 이제 당신도 더는 홀로 이곳에서 지루해하고만 있을 이유가 없게 되었지. 또 당신의 아름다운 눈과 작고 예쁜 손을 고생시키지도 않게 되었고…….

노라 (손뼉을 치며) 맞아요, 여보! 이제 그럴 이유가 없지요! 얼마나 잘됐는지! (이내 그를 꼭 껴안으며) 여보, 이제 제가 어떻게 집을 꾸밀지 계획한 걸 들어 볼래요? 크리스마스가 오면……. (이때 현관에서 초인종이 울린다.) 아, 초인종이 울리네요. (거실을 정리하며) 누가 왔나 봐요. 아, 아쉬워라.

헬메르 누가 나를 찾는다면, 내가 없다고 해야 되는 거 알지?

하녀 (현관문에서 들리는 목소리) 마님, 낯선 여성분이 오셨습니다.

노라 응, 이리로 모시고 와.

하녀 (헬메르에게) 또 박사님도 오셨습니다.

헬메르 내 방으로 바로 들어갔나?

하녀 네, 맞습니다.

(헬메르가 자기 방으로 들어간다. 하녀는 나들이옷을 입은 린데 부인을 안쪽으로 모시고 문을 닫는다.)

린데 부인 (겁을 먹은 듯 살짝 주춤거리며) 노라, 그동안 잘 지냈지?

노라 (자신 없는 목소리로) 아, 잘 지냈어?

린데 부인 나를 못 알아보는 거로구나.

노라 음, 미안. 잘 모르겠는데……. (그러다가 갑자기 소리를 지르며) 맞다! 크리스티네! 너로구나! 정말 너야?

린데 부인 그래, 맞아.

노라 내가 너를 못 알아보다니! (머뭇거리며 작은 목소리로) 이렇게 변했으리라고는 전혀 생각지 못했어.

린데 부인 10년 정도 됐다. 나도 정말 변했지.

노라 우리가 너무 오래간만에 만났나? 정말 그렇구나. 지난 시간은 그래도 행복했어. 너는 이제 아예 도시로 온 거야? 겨울인데 제법 먼 곳에서 왔네. 용감해.

린데 부인 응, 오늘 아침에 열차를 타고 왔어.

노라 그야 당연히 크리스마스를 즐기기 위해서겠지. 너무 오랜만이야, 정말 좋아! 우리는 이제부터 정말 즐겁게 지낼 수 있을 거야. 일단 옷부터 벗어. 이 안은 따뜻하지? (린데 부인이 옷을 벗는 것을 도와준다.) 우선 여기 벽난로 앞에 편안히 있어. 아니, 여기 팔걸이의자에 앉을래? 나는 흔들의자에 앉을게. (린데 부인의 손을 꼭 잡으며) 맞아, 다시 보니 정말 예전 그 얼굴이네. 다만 처음에만 못 알아봤을 뿐이야. 그런데 크리스티네, 어쩐 일인지 좀 창백해지고 야윈 것 같은데……

린데 부인 그리고 많이 늙었지.

노라 아니야. 아주 조금 늙었을 뿐이야. 아주 조금. 엄청 늙은 건 아니지. (문득 말을 멈추다가 이내 진지하게) 아, 그런데 오랜만에 만나서 이런 말만 하고 있다니. 미안해, 용서해 줘.

린데 부인 응? 그게 무슨 말이야?

노라 가여운 내 친구, 얼마 전에 남편을 잃었잖니.

린데 부인 맞아, 한 3년 정도 됐지.

노라 나도 신문을 보고 알게 되었어. 그동안 몇 번 너에게 편지를 보내려 했는데, 여러 일이 많아서 말이야.

린데 부인 괜찮아. 충분히 이해해.

노라 아니야. 지금 생각해 보니 내가 너에게 소홀했어. 가여운 크리스티네, 그간 얼마나 고생이 심했겠어. 남편이 유산을 남긴 것도 없고.

린데 부인 맞아. 안 남겼지.

노라 아이는 없고?

린데 부인 응.

노라 그렇다면 아무것도 없는 거네?

린데 부인 그러니 걱정할 것도 없고……. 괴로워할 것도 없게 되었지.

노라 (린데 부인의 말을 믿을 수 없다는 듯 그녀를 애처롭게 바라보며) 크리스티네, 어떻게 하면 그런 감정에 이르는 거야?

린데 부인 (힘겹게 미소를 짓다가 손으로 머리를 넘기며) 그러게. 하지만 시간이 나를 그렇게 만들어 주더라고.

노라 혼자서 마음고생이 심했겠어, 정말. 나는 그래도 어여쁜 아이 셋이 있지. 너도 곧 볼 수 있을 거야. 지금은 보모와 함께 잠깐 밖에 나갔거든. (그러다가 다시 말을 바꾸며) 아차, 내가 너무 내 이야기만 했네. 지난 이야기를 전부 해 주었으면 좋겠는데…….

린데 부인 아니야. 네 이야기를 들려줘도 돼.

노라 아니야. 우선 네 이야기를 듣고 싶어. 오늘은 절대 내 이야기는 조금도 하지 않을 거야. 오로지 너만 생각할 거야. 하지만…… 하나만 짚고 넘어가야겠어. 혹시 요즘 우리에게 일어난 행복한 사건을 알고 있니?

린데 부인 음, 무슨 일인데 그래?

노라 글쎄, 우리 신랑이 저축 은행의 전무가 되었다는 거 아니니!

린데 부인 우와, 축하해. 정말 복을 많이 받았구나!

노라 맞아. 사실 변호사란 직업이 안정되지는 않잖니. 그렇다고 힘들게 다른 일을 할 수도 없고. 물론 우리 신랑은 그런 일을 하려고 하지 않았지만 말이야. 다행히 이런 좋은 일이 생기다니 정말 기뻐! 이제 새해가 되면 토르발은 은행에서 일을 시작할 거야. 물론 임금이나 다른 배당도 많이 받겠지. 그렇다면 우리는 지금까지와는 전혀 다른, 우리가 원하는 삶을 살 수 있을 거야. 크리스티네! 내가 얼마나 홀가분하고 행복한지 이해할 수 있겠어? 우선 돈이 넉넉해서 나쁠 건 없잖아, 맞지?

린데 부인 그래, 필요할 정도로 돈을 버는 건 당연히 좋은 일이지.

노라 필요한 정도가 아니지. 아주 넉넉할 정도로 많은 돈이 생기는 거라니까!

린데 부인 (웃음을 보이며) 노라, 설마 아직도 정신을 못 차린 건 아니지? 너는 학교 다닐 때도 낭비가 꽤 심한 편이었잖아.

노라 (작게 웃으며) 맞아. 남편도 그렇게 이야기하지. (토르발처럼 손가락을 꼿꼿이 세우며) 하지만 이제는 아니야. 우리는 그렇게 돈을 펑펑 쓸 형편이 아니지. 둘 다 열심히 일해야만 돼.

린데 부인 너도 일하는 거야?

노라 당연하지. 물론 허드렛일이지만 말이야. 뜨개질이나 여러 바느질을 하지. (목소리를 낮추며) 그리고 다른 일도 해. 우리가 결혼한 후에 토르발이 일을 그만두었다는 이야기는 들었니? 사실 더 이상 승진할 가능성도 없어서 나온 것이지만 말이야. 그래서 일을 그만둔 뒤에 지금보다 더 열심히 일해야만 했지. 첫해에는 정말 뼈가 빠지게 일했어. 온갖 부업이란 부업은 도맡아 했지. 하지만 이를 견디지 못하고, 그만 위중한 병에 걸렸어. 그래서 의사들은 토르발에게 남쪽 지방으로 가서 요양하기를 권했지.

린데 부인 그랬구나. 그래서 1년씩이나 이탈리아에 있었던 거야?

노라 맞아. 물론 떠나기가 쉬웠던 건 아니지. 하필이면 그때 이와르가 태어났으니까. 하지만 우리는 떠나지 않으면 안 되는 입장이었어. 하지만 정말 즐거운 시간이었고, 덕분에 토르발도 건강해졌어. 하지만 돈이 너무나 많이 들었지.

린데 부인 그랬을 거야.

노라 무려 4,800크로네나 들었어. 정말 거금이지.

린데 부인 맞아. 하지만 그때 그렇게 많은 돈이 있던 게 정말 다행이었네.

노라 돈은 아빠가 주셨어.

린데 부인 아마 그때쯤 네 아버지가 돌아가셨지?

노라 맞아. 그때였어. 하지만 나는 당시에 아빠를 간호할 수 없는 입장이었어. 나는 이와르를 임신했고, 게다가 가여운 토르발을 돌봐야 했지. 아, 불쌍한 우리 아빠! 나는 그 이후에 더는 아빠를 만나지 못하게 되었어. 그것은 내가 결혼 이후에 겪었던 제일 힘든 일이었지.

린데 부인 네가 얼마나 아버지를 끔찍이 아끼는지는 알지. 하지만 너희는 결국 이탈리아에 갔잖아.

노라 맞아. 다행히 여비는 충분했고, 의사들이 되도록 빨리 가라고 그랬지. 그래서 한 달 정도 뒤에 떠났어.

린데 부인 네 남편은 결국 건강해진 거니?

노라 물론이야! 마치 팔딱이는 물고기처럼 건강해졌지!

린데 부인 그런데…… 의사 선생님은 무슨 일로?

노라 어떤 의사 선생님?

린데 부인 하녀가 조금 전 나와 이곳에 오신 분이 의사 선생님이라고 말한 것 같았어.

노라 아, 랑크 박사님 말이구나! 그분은 우리 남편이 아파서 진찰 오신 건 아니야. 박사님은 우리와 절친한 사이지. 적어도 하루에 한 번은 우리 집에 오셔. 어쨌든 토르발은 다행히 그 후로 더는 아프지 않았지. 아이들도 건강하고, 물론 나도! (갑자기 벌떡 일어나 박수를 치며) 크리스티네! 내가 이렇게 행복한 생활을 누릴 수 있다니 기적 같아! 참, 내가 또 내 이야기만 하고 있었네. (린데 부인의 옆에 있는 의자로 자리를 옮겨 그녀의 무릎 쪽에 팔을 올리며) 그런데…… 너는 남편을 사랑하지 않았다는 게 사실이니? 불편하다면 미안해. 그런데 어째서 결혼한 거야?

린데 부인 당시 어머니가 살아 계시기는 했지만, 사실 다시 일어날 희망을 찾기 힘든 중환자셨지. 게다가 두 명의 남동생도 보살펴 주어야 하는 상황에서…… 차마 그 사람의 청혼을 거절할 수 없었어.

노라 맞아. 그 입장에서 거절하는 것은 쉽지 않았을 테지. 당시 너희 남편은 부자였다면서.

린데 부인 나는 그가 꽤 부자라고 생각했어. 하지만 그가 하던 일이 안정적인 일이 아니었더라고. 그이가 죽고 나자 모든 사업이 산산조각이 나더니, 결국 아무것도 남지 않았지.

노라 아이고, 그랬구나. 그래서 어떻게 했어?

린데 부인 학교에서도 일하고, 장사도 해 보고……. 정말 나도 할 수 있는 일이라면 다 해 본 것 같아. 적어도 지난 3

년 정도는 쉰 날을 세기 힘들 정도지. 하지만 그 힘든 나날도 다 끝났어. 어머니는 결국 세상을 떠나셨고, 남동생들도 이제 어엿한 직장을 갖고 독립했으니 말이지.

노라 다행이야. 이제 마음이 조금 편안해졌겠네.

린데 부인 그런데 또 그렇지도 않더라고. 이제는 내 마음이 너무 공허해졌어. 사는 보람을 잃어버렸다고 해야 할까. (주변을 서성거리며 일어나) 그래서 나는 더 이상 그토록 작은 시골에 처박혀 있기가 싫었어. 이곳에서라면 내가 원하는 것을 분명 찾을 수 있을 거야. 정신없이 일하면서 모든 걱정을 털어 낼 수 있는 직장 말이야. 실내에서 일할 수 있다면 얼마나 좋을까.

노라 하지만 너무 피곤하지 않겠어? 너는 지금 너무나 지쳐 있는 상황인데 말이야. 당분간은 쉴 만한 곳에 가서 편안히 쉬는 편이 나을 것 같은데…….

린데 부인 (창문 쪽으로 걸음을 옮기며) 노라, 나에게는 용돈을 줄 수 있는 아버지가 안 계시잖니.

노라 (일어서며) 아, 미안해.

린데 부인 (노라에게로 다가오며) 나도 미안해. 이런 상황에 처하니 심술궂게 변하는 것 같아. 나쁜 줄 알면서도 상처를 주려 하고……. 나는 이제 오롯이 나를 위해 여러 기회를 만들어야 해. 살아가기 위해서는 지극히 개인 중심적이 되어야 하지. 사실 방금 전 너의 사정이 나아졌다는 말을 들었을 때도, 나는 솔직히 조금 들떠 있었어.

노라 아, 토르발이 너를 위해 혹시 좋은 일자리를 연결해 줄 수 있을 것 같아서?

린데 부인 맞아.

노라 크리스티네! 내가 꼭 그렇게 될 수 있도록 도울게. 너를 위해 제대로 된 일자리를 찾아봐 달라고 부탁할게. 정말 진심으로 널 도와줄 거야.

린데 부인 노라, 사실 살아간다는 게 얼마나 힘든지 모르면서 이렇게 선심을 쓰기 쉽지 않을 텐데…… 너무 고마워.

노라 내가 그런 걸 모른다고? 내가?

린데 부인 (가볍게 웃으며) 허드렛일을 주로 하면서 삶을 안다고 하는 걸 보면…… 노라, 너는 아직 어린아이 같아 보이기도 해.

노라 (머리를 꼿꼿이 세우고 방을 가로질러 걸으며) 정말 그렇게 생각해?

린데 부인 왜?

노라 너도 다른 사람들과 똑같아. 다들 내가 어려운 일에 제대로 대처하지 못할 거라고 생각하는 모양이지.

린데 부인 아니, 그런 말이 아니고⋯⋯.

노라 내가 한 번도 쓰디쓴 세상의 맛을 보지 못했다는 거 잖아.

린데 부인 노라, 무슨 말이야! 네가 방금 전 얼마나 어려운 일 을 겪었는지 나한테 말했던 거는 잊었어?

노라 쳇, 그게 다가 아니야! (목소리를 낮추며) 그보다 큰일은 아직 이야기하지도 않았는걸.

린데 부인 큰일? 아까 말한 것보다 더 큰일이 있었어?

노라 넌 나를 어리게만 보는 것 같은데⋯⋯. 크리스티네, 그 렇게 생각하지 마. 너는 지금 어머니를 위해 3년이나 열 심히 뒷바라지했다고 그렇게 생각하는 거잖아.

린데 부인 아니야, 난 아무도 그렇게 보지 않아. 하지만 뿌듯 한 마음이 드는 건 사실이지. 적어도 나는 우리 어머니 가 돌아가실 때까지 조금이나마 편안히 생활하실 수 있 도록 도왔으니까.

노라 동생들을 도와준 것도?

린데 부인 물론이야. 너무나 뿌듯했지.

노라 하지만 나도 그런 일이 있었다고. 내 말을 들어 봐. 나도 뿌듯해할 만한 일이 있었어.

린데 부인 그랬구나. 어떤 일이 있었던 거니?

노라 아이참! 조금만 작게 말해. 남편이 들으면 안 되니까. 그 사람은 알면 안 돼. 더구나 이 세상 누구도 이 사실을 알면 안 되지. 너만 빼고 말이야.

린데 부인 무슨 일인데 그래?

노라 이리로 와 봐. (린데 부인과 소파에 나란히 앉아) 자, 이제 이야기해 줄게. 내가 어떤 일 때문에 뿌듯함을 느꼈는지. 사실 난, 남편의 생명을 구한 사람이야.

린데 부인 토르발을 구했다고? 대체 어떻게?

노라 우리가 이탈리아로 갔다는 거 기억하지? 그곳에 가지 않았다면 토르발의 병은 회복될 수 없었을 거야.

린데 부인 그래, 네 아버지가 경비를 다 주셨다면서.

노라 (조용히 웃으며) 맞아. 모두 그렇게 알고 있지. 하지만…….

린데 부인 하지만?

노라 실은 내가 직접 그 돈을 구했다면?

린데 부인 네가? 꽤 큰돈이잖아.

노라 무려 4,800크로네야! 이제 너도 인정하겠니?

린데 부인 노라, 그런데 정말 사실이야? 그게 가능한 거야? 복권에 당첨이라도 된 거야?

노라 (코웃음을 치며) 복권이라니! 그렇다면 내가 이렇게 뿌듯

한 마음이 들겠어?

린데 부인 대체 어떻게 그 돈을 구한 거야?

노라 (콧노래를 흥얼거리며) 그러게. 어떻게 구했을까?

린데 부인 설마 누구한테 빌린 건 아니지?

노라 왜 그렇게 생각해?

린데 부인 어떻게 남편 허락 없이 부인이 돈을 빌릴 수 있겠어.

노라 하지만 부인이 총명하고 사리에 밝은 사람이라면…….

린데 부인 노라, 그게 대체 무슨 말이야.

노라 굳이 이해하려 하지 않아도 돼. 나는 돈을 빌렸다고 말하지는 않았지. 사실은 다른 방법을 통해 돈을 얻었을지도 모르지. (소파에 등을 기대며) 나처럼 매력적인 사람을 쫓아다니는 어떤 이로부터?

린데 부인 말도 안 돼. 너 단단히 미쳤구나.

노라 대체 어떻게 된 일인지 궁금하지?

린데 부인 노라, 내 말 똑똑히 들어. 절대로 이상한 짓은 하지 않은 거지?

노라 (몸을 일으켜 고쳐 앉으며) 크리스티네, 남편의 목숨을 구제해 준 걸 이상하다고 할 수 있어?

린데 부인 그걸 남편도 모르게 너 혼자 했다는 게 이상한 거지!

노라 맙소사, 아직 잘 이해가 안 되나 보네. 남편이 꼭 모든 걸 알아야 돼? 당시 그가 얼마나 위독했냐면 진단 결과를 그이에게 알릴 수조차 없을 지경이었어. 의사가 나더러 남편의 목숨이 위험하다고 말했지. 남쪽으로 요양을 떠나는 게 살길이라 그랬어. 그래서 나는 남편한테 다른 아내들처럼 외국 여행을 같이 가자고 울고불고 애원했지. 하지만 상황을 모르는 남편은 그저 펄쩍 뛰며 내가 경솔하다고 말했어. 내가 줏대가 없고 변덕이 심하다나 뭐라나. 이를 지켜 주는 게 남편의 의무라고까지 했어. 하지만 나는 무슨 수를 써서라도 토르발을 구해야 한다고 여겼지. 그때 어떤 계획이 떠올랐는지 알아?

린데 부인 네 남편은 그 돈이 아버지께 받은 것이 아니라는 걸 전혀 몰랐어?

노라 맞아. 사실 아빠는 머지않아 돌아가셨어. 하지만 나는 토르발에게 어떤 이야기도 하지 않기로 했지. 그 사람은 몸져누워 있었으니 말이야. 물론 곧 설명할 필요도 없어졌지만.

린데 부인 심지어 여태껏 남편한테 사실을 고백하지도 않았고?

노라 말도 안 되지. 그 사람은 그런 일에는 아주 엄격한 사람이야. 만약 그가 내게 빚을 지고 있다는 사실을 알면, 그이는 분명 치욕스럽다고까지 느낄 사람이라니까? 그렇다면 우리 관계도 무너질지 몰라. 우리의 가정과 생활도 모두 끝나고 말겠지.

린데 부인 그래서 죽을 때까지 이야기를 안 하시겠다?

노라 (잠시 생각에 잠긴 듯한 미소를 지으며) 맞아. 내가 언젠가 초라한 지경이 되면 모를까······. 웃지 마! 내 말은 지금처럼 토르발이 나를 사랑하지 않는다면 이야기할지도 모른다는 거야. 내가 그이를 위해 노래를 부르고 춤을 춰도 그 사람이 털끝 하나 관심을 보이지 않는다면, 나도 조금 다르게 생각할 수 있겠지. (잠시 말을 멈추고) 하지만 그럴 일은 절대 없어! 크리스티네, 이 이야기를 들으니까 어때? 내가 그저 어린애 같기만 하니? 너도 알겠지만, 이 일은 내게 정말 큰일이었어. 빌린 돈을 제때 갚는 게 어디 쉬운 일이겠니. 여기저기서 돈을 모아야만 했지. 심지어 함부로 허리띠를 조일 수도 없었어. 토르발이 기품 있게 살기를 바랐거든. 그래서 아이들의 옷을 사는 비용도 차마 줄일 수 없었지. 천사 같은 아이들을 위해서 말이야.

린데 부인 가엾은 노라! 그래서 네가 써야 할 용돈까지 다 쓴 거야?

노라 당연하지. 이 문제는 전적으로 내가 책임져야 했으니까. 어쩌다 토르발이 나에게 새 옷을 사라고, 혹은 어떤 다른 이유로 돈을 주면 나는 절반 정도만 쓰고 나머지는 모두 저축했어. 언제나 값싸고 무난한 옷만 샀지. 하지만 다행히도 나는 어떤 옷이든 잘 어울려서 토르발은 눈치조차 채지 못했어. 하지만 가끔은 이런 내 처지에 스스로 슬퍼지기도 했지. 자고로 옷이 날개라는데 말이야.

린데 부인 맞아.

노라 또 나는 다른 방법으로도 돈을 모았어. 지난겨울, 우연히 나는 다른 사람이 쓴 글을 그대로 베껴 작성하는 일을 맡았지. 그래서 밤마다 문을 잠근 뒤, 나는 방 안에서 늦은 시간까지 그 일을 했어. 정말 피곤하고 지치는 일이었지. 하지만 내가 이렇게 돈을 벌 수 있다는 사실이 너무 즐거웠어. 마치 내가 남자가 된 것만 같았다니까.

린데 부인 그렇게 얼마 정도를 갚은 거야?

노라 정확히는 나도 모르겠어. 임금 체계가 너무나 복잡해서 말이야. 하지만 중요한 건 내가 어디서든 일을 구해 돈을 착실히 갚아 왔다는 거야. 물론 너무 막막할 때도 많았지. (가볍게 웃으며) 그럴 때면 나는 이곳에 앉아, 가끔 돈 많은 어르신이 나를 사랑하게 되는 상상을 하기도 했어.

린데 부인 무슨 소리야. 대체, 어떤 남자가?

노라 그냥 들어 봐. 일단 그 남자가 바로 죽어야 돼. 그러면 사람들이 유언장을 읽겠지. 그리고 거기엔 대문짝만 하게 이런 글이 쓰여 있는 거야.

'나의 모든 재산을, 어여쁜 노라 헬메르 부인에게 즉시 현찰로 주도록 하라.'

린데 부인 어쩜, 그 사람은 또 누구야?

노라 아이고, 무슨 이야기인지 모르겠어? 그런 사람은 없어, 절대! 그저 막막한 생각이 들면 이곳에서 상상의 나래를 펼치는 것뿐이라고. 하지만 이제 그런 늙은이도 나에겐 아무 필요 없어. 유언장 같은 것도 전혀. 왜냐하면 이제 내 모든 문제가 해결됐으니까 말이야! (자리에서 일어나) 오, 신이시여! 정말 너무 멋진 일이야! 크리스티네, 이제 내게는 조금의 걱정거리도 없어! 비로소 완전한 자유를 얻었다고! 아름답게 꾸민 집에서 아이들과 즐겁게 뛰놀고, 토르발이 원하는 대로 맞춰서 살아가면 되지. 시간이 지나 봄이 온다면, 아마 여행도 가겠지? 어쩌면 다시 바다를 볼 수 있을지도 몰라. 정말 이런 인생은 너무 멋진 것 같아!

현관에서 초인종 소리가 들린다.

린데 부인 (자리에서 일어서며) 이제 나가봐야겠어. 다른 사람과도 이야기를 나눠야지.

노라 그냥 있어도 돼. 어차피 나를 찾아올 사람은 없을 거야. 다들 토르발을 찾겠지.

하녀 (문 앞에서) 실례합니다, 마님. 어떤 남자분이 찾아오셨는데요. 변호사 어른과 드릴 말씀이 있다고 하십니다.

노라 우리 전무님과 이야기하고 싶으신 거지.

하녀 맞습니다. 그런데 그분은 지금 의사 선생님과 계신데……. 어떻게 할까요?

노라 손님이 어떤 분이신데 그래?

크로그스타 접니다, 부인.

린데 부인이 깜짝 놀란다. 이내 정신을 차린 뒤, 창문 쪽으로 몸을 돌린다.

노라 (그에게 다가가며 사뭇 긴장한 목소리로) 아, 당신이군요? 어떤 일로 찾아오셨나요?

크로그스타 은행 일 때문입니다. 저는 주인어른이 일하게 된 은행에서 조그마한 자리를 차지하고 있지요. 이번에 새 전무님이 되신다는 이야기를 듣고 이렇게 찾아왔네요.

노라 단지 그 일 때문에…….

크로그스타 맞습니다. 그저 사무적인 일로 찾아온 것이지요. 다른 이유는 없습니다.

노라 알았어요. 서재로 들어가면 뵐 수 있을 거예요.

노라는 무관심하게 고개를 끄덕인다. 그러고는 문을 닫고 벽난로 쪽을 바라본다.

린데 부인 노라, 저 사람은 누구야?

노라 크로그스타라고, 변호사야.

린데 부인 그럼 분명 그 사람이네.

노라 저 사람을 알아?

린데 부인 예전에 알았지. 예전에 내가 살던 곳의 법원에서 일했었거든.

노라 맞아, 그랬을 거야.

린데 부인 저 사람도 정말 많이 변했네.

노라 듣기로는 꽤 불행한 결혼 생활을 했다고 하더라고.

린데 부인 지금은 홀로 사는 건가?

노라 아이들이 몇 명 있다고 이야기는 들었어. 아, 이제야 난로에 불이 붙었네!

노라는 난로의 문을 닫고, 흔들의자를 옆쪽으로 민다.

린데 부인 다른 사람들한테 듣기로는, 저 사람이 꽤 여러 일에 손을 벌리고 있는 모양이야.

노라 그래? 그러든지 말든지. 저 사람 이야기는 그만하자. 재미없어.

랑크 박사가 헬메르의 방에서 나온다.

랑크 (복도에서 말하는 목소리) 토르발, 이제 더 이상 방해하면 안 되겠지. 부인과 잠깐 이야기만 나누고 갈게. 그래. (문을 마저 닫은 후, 그는 노라가 린데 부인과 있는 것을 본다.) 아이고, 여기도 방해가 됐네요. 죄송합니다.

노라 아니에요. 그렇게 이야기하지 마세요. (랑크와 린데 부인

(을 소개하며) 자, 이분은 랑크 박사님, 여기는 린데 부인 이에요.

랑크 아, 전에 말씀 많이 들었어요. 그러고 보니 아까 도착했을 때 계단에서 뵌 분이군요.

린데 부인 네, 계단을 천천히 올라가다 저도 뵌 것 같네요. 제가 좀 힘이 들어서…….

랑크 그렇군요. 혹시 몸이 불편하신가요?

린데 부인 네, 아마 일 때문에 너무 몸을 혹사해서 그랬을 거예요.

랑크 다른 증상은 없으신가요? 휴가를 위해 이곳에 오셨다고 들은 듯합니다.

린데 부인 음, 저는 일자리를 찾고 있어요.

랑크 과로하신 분께 일자리라니요.

린데 부인 하지만 목숨이 붙어 있는 한 일은 꾸준히 해야겠지요.

랑크 다들 보통 그렇게 생각하지요.

노라 의사 선생님도 남들처럼 오래 살고 싶으시지요?

랑크 물론입니다. 고통이 주어지더라도 최대한 오래 살고 싶은 게 사람이지요. 아마 환자들도 같은 생각일 겁니다. 심지어 도덕적으로 문제가 있는 사람도 말이지요. 저기,

헬메르의 서재에 바로 그와 비슷한 인간이 있어요.

린데 부인 (낮은 목소리로) 아…… 그렇군요.

노라 크로그스타가요?

랑크 맞습니다. 부인은 잘 모르실 수도 있지만, 저 사람은 정신 상태가 아주 글렀어요. 저런 사람도 삶의 중요성을 떠벌린단 말입니다.

노라 저 사람은 대체 그이에게 무슨 이야기를 하려는 걸까요?

랑크 저도 잘은 모르지요. 저는 은행과 관련된 이야기만 들었을 뿐입니다.

노라 대체 무슨 소리신지……. 그러니까 저 크로그스타라는 변호사가 은행에 연관된 사람이라는 건가요?

랑크 맞아요. 그곳의 말단 직원이지요. (린데 부인을 향해) 혹시 부인이 사시는 곳에는, 도덕적인 결함을 일부러라도 찾아내 그것을 자기의 지위나 명예와 맞바꾸려는 사람이 있나요? 그렇게 성가시게 구는 사람들이 있는지요. 저런 놈들 때문에 정작 선량한 사람들이 추운 곳에서 외로이 남게 되고 말지요.

린데 부인 흠, 저런 사람이라도 어딘가에서 돌봐줄 필요가 있지는 않을까요?

랑크 (어깨를 움찔하며) 바로 부인과 같은 생각이, 이 사회를 병원으로 만들고 말 겁니다.

노라는 혼자 생각에 잠겨 있다가 불현듯 조용히 웃더니 손뼉을 친다.

랑크 왜 웃으시는 거지요? 부인은 사회라는 곳이 대체 어떤지 알고 계시기나 한 건가요?

노라 사회가 아무렴 어떻겠습니까만……. 제가 웃은 건 그저 이제 토르발의 은행에서 일하는 사람 대부분이 그의 부하가 된다는 것 때문이에요. 맞지요?

랑크 그게 갑자기 웃음이 터져 나올 정도로 유쾌한 일인 건가요?

노라 (다시 콧노래를 흥얼거리며) 뭐, 어때요! 상관하지 않으셔도 돼요. (방 안을 이리저리 다닌다.) 토르발이 그처럼 많은 사람을 거느리게 되다니! (주머니에서 과자를 꺼내며) 의사 선생님, 마카롱 하나 드셔 보세요.

랑크 마카롱이라니요? 여기서 과자는 못 먹는 음식 아닌가요?

노라 맞아요. 하지만 이것은 우리 크리스티네가 줬답니다.

린데 부인 무슨 소리야? 내가 마카롱을 주다니?

노라 아, 너무 놀라지 마. 토르발이 내게 과자를 못 먹게 하는 걸 너는 모르겠지. 글쎄, 우리 남편은 과자 때문에 내 치아가 상할까 봐 걱정한다니까! 하지만 한 번 정도는 괜찮잖아? 박사님, 맞지요? 자, 하나만 드셔 보세요! (랑크의 입에 마카롱 하나를 집어넣는다.) 크리스티네, 너도 어서 먹어! 그리고 나도 하나…… 작은 거 하나만…… 아니, 딱 두 개만 먹어야지! (다시 방 안을 거닐며) 아, 저는 이제 더없이 행복해요! 이제 제 소원은 딱 하나밖에 없어요.

랑크 하나의 소원이요? 그게 뭐지요?

노라 토르발에게 어떤 말을 해 주는 것이지요.

랑크 그럼 그냥 말하면 되지 않나요?

노라 차마 아직은 용기가 나지 않네요. 나쁜 이야기니까요.

린데 부인 나쁜 이야기라니?

랑크 흠, 그렇다면 굳이 이야기할 필요는 없겠네요. 하지만 우리 사이에는 할 수 있지 않나요? 대체 그토록 토르발에게 들려주고 싶은 이야기가 뭘까요?

노라 죽었으면 좋겠다고! 너무 말하고 싶어요.

랑크 대체 무슨 소리에요!

린데 부인 아, 노라!

랑크 자, 저기 당신이 이야기해야 될 사람이 오네요.

노라가 과자를 황급히 숨기자, 외투를 팔에 걸치고 손에 모자를 든 헬메르가 방에서 나온다.

노라 토르발, 그 사람과 이야기는 잘 했어요?

헬메르 그래, 그 사람은 조금 전에 갔어.

노라 (린데 부인을 소개하며) 이 사람은 크리스티네, 오늘 이곳에 왔어요.

헬메르 흠, 미안하지만 누군지 모르겠네.

노라 아이참, 린데 부인이잖아요. 크리스티네 린데 부인!

헬메르 그렇군요. 노라의 어린 시절 친구시지요?

린데 부인 네, 예전부터 잘 알고 지냈습니다.

노라 크리스티네가 당신과 이야기를 나누려고 먼 곳에서 왔대요, 글쎄.

린데 부인 아, 원래부터 그럴 계획이었다는 건 아닙니다……

노라 이 친구는 사무적인 일을 아주 잘해요. 또 자기보다 역량 있는 사람의 지도를 받으며 능력을 성장시키고 싶어하지요.

헬메르 대단하시네요, 부인.

노라 그런데 당신이 은행 전무가 되었다는 이야기를 듣자마자 바로 이곳으로 왔대요. 아마 전보가 간 모양이지요. 토르발, 저를 봐서 우리 크리스티네를 좀 도와줘요.

헬메르 뭐, 못할 건 없지. 부인께서는 지금 혼자신가요?

린데 부인 맞습니다.

헬메르 사무 일은 해 본 적이 있으시고요?

린데 부인 네, 많습니다.

헬메르 그렇다면 제가 부인께 일자리를 드릴 수 있을 것 같네요.

노라 (박수를 치며) 그거 봐! 내가 뭐랬어!

헬메르 딱 일이 필요한 시점이었는데, 적절한 시기에 찾아오셨네요.

린데 부인 아, 고맙습니다! 어떻게 감사한 마음을 전해야 할까요.

헬메르 아닙니다. (외투를 집으며) 일단 오늘은 제가 바로 나가 봐야 할 일이 있어서 이만······.

랑크 나가는 김에, 나도 같이 나가지. (현관에서 그의 외투를 가지고 와 난로에서 덥힌다.)

노라 토르발, 추운 바깥에서 너무 오래 있지 마요.

헬메르 아마 한 시간 정도면 돌아올 거야.

노라 크리스티네, 너도 나가려고?

린데 부인 (외투를 입으며) 응. 나도 이제 방을 찾아봐야 되겠어.

헬메르 그럼 길 아래쪽까지 같이 가시지요.

노라 미안해. 우리 집이 아직은 좁아서 너를 재워 줄 수는 없겠어.

린데 부인 아니야, 신경 안 써도 돼. 노라, 너무 고마워! 잘 지내고!

노라 오늘 저녁에 꼭 와. 박사님도 꼭 오세요. 아셨지요? 옷 따뜻하게 입으시고요.

다들 대화를 나누며 현관으로 나간다. 이때 바깥 계단에서 아이들의 목소리가 들려온다.

노라 아이들이 오네요! (달려가서 현관문을 열자, 안네마리가 아이들을 데리고 들어온다.) 어서 들어와! (무릎을 굽혀 아이들에게 입을 맞추며) 크리스티네, 우리 아이들 좀 봐! 너무 예쁘지?

랑크 이렇게 바람 부는 곳에서 이야기하지 말고, 안에 가서 이야기하시지요.

헬메르 (린데 부인을 향해) 이제 나가시지요. 이곳은 곧 어머니 말고 다른 사람들은 견디지 못하게 될 겁니다.

헬메르, 랑크, 린데 부인은 현관으로 걸음을 옮기고, 안네마리는 아이들을 데리고 방으로 들어간다. 노라도 방으로 따라 들어가 방문을 닫는다.

노라 오늘은 아주 말끔하고 건강해 보이네! 뺨도 발갛구나. 꼭 사과나 장미 같네! (아이들은 계속 떠든다.) 나들이는 재미있었니? 뭐? 이와르, 네가 에미와 보브를 썰매에 태우고 혼자 끌었다고? 정말 대단하네. 자, 안네마리. 이리 줘. 내가 잠깐 안고 있을게. 너무 예쁜 우리 아기! (안네마리로부터 보브를 받아 안고는 덩실덩실 춤추며) 엄마는 보브랑 춤이나 춰야겠다. 뭐, 눈싸움을 했어? 아, 엄마도 같이 놀고 싶었는데. 그래도 서로 너무 괴롭히면 안 돼, 아, 안네마리, 내가 아이들 옷을 손수 갈아입혀 줄게. 나는 이게 너무 재미있거든. 아이고, 안네마리도 몸이 얼어붙었네. 잠깐 쉬어. 난로 위에 커피를 데워 놓았어. (안네마리는 왼쪽 방으로 자리를 옮긴다. 노라는 아이들과 이야기를 나누는 동시에 외출복을 벗겨 이곳저곳에 흩뜨려 놓는다.)

뭐? 큰 개가 네 뒤를 쫓아왔다고? 물진 않았고? 하긴, 이
렇게 예쁜 아기를 누가 깨물겠어! 이와르, 아직 그 포장
은 뜯어보면 안 돼. 이 안에 뭐가 들었을까요? 아직은 안
돼. 그건 무서운 거란다. 아, 놀이하고 싶어? 뭘 하고 놀
까? 숨바꼭질? 그래, 해 보자. 보브가 먼저 숨을래? 아니
면 내가? 그래, 그럼 내가 먼저 숨을게!

아이들은 노라와 희희낙락하며 숨바꼭질을 한다. 노라
는 거실과 옆방의 불을 켜고는 테이블 밑에 몸을 숨긴
다. 곧 아이들이 엄마를 찾기 시작하지만, 발견하지 못
한다. 그러다가 노라가 숨을 죽인 채 킥킥거리는 소리를
듣자 곧장 테이블보를 뒤집어 엄마를 찾아낸다. 노라는
소리를 지르며 기어 나온다. 아이들은 깜짝 놀라 소리를
지른다.
잠시 후 누군가 현관문을 두드린다. 하지만 아무도 듣지
못한다. 그러자 문을 반쯤 열고 크로그스타가 모습을 드
러낸다. 그는 노라와 아이들의 놀이를 지켜보며 잠시 기
다린다.

크로그스타 헬메르 부인, 잠시 실례합니다.

노라 (앉은 채 무심코 놀라 숨죽인 소리로) 아! 지금 여기서 뭐하시는 거지요?

크로그스타 죄송합니다. 현관문이 열려 있어서 그만……. 누군가 문을 잠그는 걸 깜빡했나 보네요.

노라 (자리에서 일어나며) 크로그스타 씨, 남편은 지금 안 계십니다.

크로그스타 네, 알고 있습니다.

노라 근데 왜 찾아오신 거지요?

크로그스타 다름이 아니라, 부인께 드리고 싶은 말씀이 있습니다.

노라 저한테요? (아이들을 보며) 얘들아, 잠시 안네마리에게 가 보렴. 이 아저씨는 나를 해치려는 사람이 아니야. 그러니 이분과 잠깐 이야기하고 다시 놀자, 알았지? (아이들을 안네마리가 있는 방으로 보낸 뒤 문을 닫는다. 잠시 뒤 불안한 목소리로) 제게…… 하실 말씀이 있으시다고요?

크로그스타 네.

노라 오늘 날짜는 1일이 아닌데요.

크로그스타 네, 오늘은 크리스마스이브지요. 그 이야기는 아닙니다. 달리 드릴 말씀이 있습니다. 시간은 괜찮으신지요.

노라 네, 일단 시간은 있지만 대체 왜…….

크로그스타 좋습니다. 저는 조금 전, 올센의 식당에서 댁의 남편이 나가시는 걸 보았습니다.

노라 그러셨군요.

크로그스타 어떤 여성분과 말이지요.

노라 어떤 말씀을 하고 싶으신 거지요?

크로그스타 솔직히 여쭤 보지요. 그분은 린데 부인인가요?

노라 네.

크로그스타 이곳으로 오신 지 얼마 안 되셨나요?

노라 네, 오늘 이곳으로 왔어요.

크로그스타 그렇다면, 그 사람은 부인과 친밀하신 분인가 보네요.

노라 맞아요. 그런데 대체 왜 이런 이야기를 물어보시는 건가요.

크로그스타 저 또한 그 부인을 예전에 본 적이 있습니다.

노라 그건 저도 알고 있었습니다.

크로그스타 그렇군요. 그럼 더 솔직하게 여쭤 볼 수 있겠네요. 린데 부인이 제가 일하는 은행에서 일하게 되는 건가요?

노라 크로그스타 씨, 저희 남편의 부하 직원이 어찌 이런 이야기를 캐물으시는 건가요. 하지만 우선 여쭤 보시니 대답은 해 드리겠습니다. 맞아요. 린데 부인은 그곳에서 일하게 되었습니다. 더구나 제가 그렇게 할 수 있도록 다리를 놓았지요. 자, 됐나요?

크로그스타 제가 짐작했던 대로군요.

노라 (방 안을 걸어 다니며) 흠, 사람은 누구나 약간의 영향력은 갖고 있기 마련이지요. 그 사람이 여자라도요. 더구나 회사의 부하 직원이라면 자신에게 영향을 미치는 사람이 누구일지도 잘 아시지 않나요.

크로그스타 영향력 있는 사람의 비위를 건드리면 안 된다는 뜻이겠지요?

노라 잘 아시네요.

크로그스타 (어조를 바꾸며) 헬메르 부인……. 그렇다면 제발 부탁드리옵건대, 그 영향력을 저에게도 써 주시지 않겠습니까?

노라 무슨 뜻인가요? 제가 대체 뭘 어떻게 하라는 거지요?

크로그스타 제가 은행에서 이 일자리를 유지할 수 있도록 힘을 써 주십사 하는 겁니다.

노라 네? 누가 크로그스타 씨의 일자리를 빼앗기라도 하는 건가요?

크로그스타 군이 저한테까지 시치미를 떼실 필요는 없습니다. 저는 부인의 친구분께서 저와 다시는 마주치지 않으려 한다는 것쯤은 알고 있습니다. 더구나 만약 제가 쫓겨난다면 그 이유도 명확하겠지요.

노라 하지만……

크로그스타 알겠습니다. 바쁘실 테니 간단히 말씀드리지요. 아직 어느 정도 시간이 있으니, 부인의 선한 영향력으로 제가 일자리를 잃는 것을 막아 주시기를 부탁드립니다.

노라 하지만 크로그스타 씨, 저는 그런 영향력은 없는 듯한데요.

크로그스타 없다니요. 바로 조금 전에 영향력을 가지고 계시다고 말씀하지 않으셨습니까.

노라 그런 의미로 이야기한 게 아니었어요. 당신은 무슨 이유로 제가 그런 일에 영향력을 행사할 수 있다고 확신하시는 건가요?

크로그스타 저는 부인의 남편을 학교 때부터 알고 있었지요. 그분도 다른 남자들처럼 꽤나 한 고집 하신다고 알고 있습니다.

노라 그렇게 말씀하시려거든 당장 이 방에서 나가 주세요.

크로그스타 꽤 용감하시군요.

노라 제가 이제 당신을 무서워할 이유는 전혀 없으니까요. 새해가 되면 모든 것이 다 정리되겠지요.

크로그스타 (목소리를 가라앉히며) 부인, 저는 제 자리를 지키기 위해 죽음을 불사할 각오도 되어 있습니다.

노라 네, 그러실 테지요.

크로그스타 하지만 단순히 돈 문제 때문에 그러는 것은 아닙니다. 사실 돈을 많이 받는 건 아니니까요. 하지만 다른 문제가 있습니다. 부인도 아시겠지만, 몇 년 전 저는 꽤 큰 사고를 쳤지요.

노라 아, 어디서 대략 들은 것 같네요.

크로그스타 다행히 법정으로까지 문제가 비화되지는 않았습니다. 하지만 저는 앞길이 막혀 버리고 말았지요. 그래서 부인도 알고 계신 것처럼, 저는 그 일까지 해야만 했습니다. 어떻게 해서든 생계를 꾸려야 했지요. 더구나 저보다 나쁜 놈들도 많은 게 현실입니다. 그리고 저는 그 일에서 완전히 손을 빼고 싶고요. 또 아이들이 자라고 있습니다. 저는 이제 아이들을 위해서 살아가야 합니다. 저에게 은행 일은 이를 위한 사다리의 첫걸음이라고 할 수 있지요. 하지만 지금 헬메르 씨는 저를 사다리에서 밀어뜨려 또다시 진흙 구덩이로 빠뜨리려고 한단 말입니다.

노라 크로그스타 씨, 하지만 솔직히 저에게는 그럴 만한 힘이 전혀 없어요.

크로그스타 저를 도와줄 마음이 없으신 건 아닌가요. 하지만 저는 당신을 움직일 방법을 잘 알고 있지요.

노라 설마…… 제가 당신에게 돈을 빌린 사실을 일러바치려는 건 아니겠지요?

크로그스타 그렇다면 어떨까요?

노라 정말 너무하시네요! (떨리는 목소리로 울음을 참으며) 저는 이 비밀을 자랑스럽게 생각해 왔어요. 하지만 그것이 이렇게 비열한 방법으로, 그것도 당신을 통해 알려진다면……. 상상만 해도 끔찍하네요.

크로그스타 단순히 끔찍한 감정, 그뿐인가요?

노라 (눈을 치켜뜨며) 그렇게 하세요, 그럼! 그렇게 된다면 내 남편은 당신이 어떤 사람인지 더 확실히 알게 되겠지요. 당신이 은행에서 쫓겨나는 건 시간문제일 테고요.

크로그스타 한 가지만 묻지요. 부인이 지금 두려워하는 건 단지 남편과의 관계뿐인가요?

노라 만약 우리 남편이 이 사실을 안다면, 당연히 남은 부채를 갚아 주겠지요. 그렇다면 우리의 관계도 다 끝날 거고요.

크로그스타 (노라에게 한 발짝 다가가며) 흠, 부인께서 잘못 기억하시는 게 있는 거 아닌가요. 아니면 우리 금전 관계에 대해 뭔가 착각하는 게 있다던가. 당신의 상황을 좀 더 정확하게 알려드려야 할 것 같군요.

노라 네? 무슨 말인가요?

크로그스타 그때 부인은 제게 4,800크로네를 빌리기 위해 오셨습니다. 저는 그 금액을 드리기로 했지요.

노라 그리고 구해 주셨고요.

크로그스타 하지만 이에는 분명한 조건이 있었습니다. 그때 부인은 남편의 병 때문에 걱정이 많아 세세한 것까지 다 파악하지는 못한 것 같군요. 그러니 다시 기억이 나도록 도와드려야겠지요. 저는 부인에게 차용증을 받고 돈을 드리기로 했습니다.

노라 알아요. 제가 서명도 했지요.

크로그스타 맞습니다. 하지만 저는 당신의 아버님이 보증인이 되어 주시기를 바랐습니다. 따라서 그곳에는 아버님의 서명이 필요했지요.

노라 네, 그래서 서명하셨잖아요.

크로그스타 저는 아버님이 서명하실 곳에 날짜를 쓰시게끔

했지요. 그것 또한 기억하시지요?

노라 네, 알 것 같네요.

크로그스타 그리고 저는 아버지께 전달해 드릴 수 있도록 부인에게 차용증을 보냈지요. 부인은 불과 5, 6일 정도 만에 아버지의 서명이 쓰인 증서를 가져왔고요. 그래서 저도 돈을 드릴 수 있었지요.

노라 네, 저는 돈을 성실히 갚아 나갔지요.

크로그스타 물론 그런 편입니다. 하지만 제가 하려던 이야기는…… 그때 부인의 아버님 또한 생명이 위태롭다고 들었습니다. 맞습니까?

노라 네, 많이 편찮으셨지요.

크로그스타 그러고는 얼마 안 되어 유명을 달리하셨지요.

노라 네.

크로그스타 부인, 혹시 아버님이 돌아가신 날짜를 기억하시나요?

노라 9월 29일에 돌아가셨어요.

크로그스타 잘 아시네요. 물론 저도 이미 알아보았습니다. 그런데…… (종이 한 장을 꺼내며) 제가 이해가 가지 않는 것이 하나 있습니다.

노라 이해가 안 가신다니요? 도대체…… 무슨 말씀이신지.

크로그스타 아버님은 말씀대로 9월 29일에 돌아가셨습니다. 하지만 여기를 보세요. 아버님은 이곳에 10월 2일이라고 서명하셨습니다. 어떻게 이러한 일이 벌어질 수 있을까요?

노라 ……. (말을 잇지 못한다.)

크로그스타 또 하나 이상한 점은, 아버님의 필체가 왠지 제가 아는 사람의 필체 같다는 점입니다. 아, 물론 아버님이 날짜를 잊으셨거나 누군가 대신 서명했을 수도 있지요. 하지만 중요한 사실은, 아버님이 서명하셔야 된다는 것 아니겠습니까? 자, 설명해 보시지요. 이 서명은 진짜로 아버님이 작성한 것이 맞습니까?

노라 (잠시 말이 없다가 고개를 가로젓고 도도하게 크로그스타를 바라보며) 아닙니다. 사실 제가 쓴 거예요.

크로그스타 저런. 그렇게 섣불리 자백하면 곤경에 빠진다는 것도 모르나요?

노라 왜 제 걱정까지 해 주세요? 당신은 돈만 받으면 그만 아닌가요?

크로그스타 부인은 왜 차용증을 아버님께 보내지 않으셨나요?

노라 아버님이 위중하셨으니까요. 또 아버님께 남편의 생명이 위독하다는 말씀도 드려야 했겠지요. 차마 그렇게 할 수는 없었어요.

크로그스타 그냥 외국 여행을 가지 않아도 되지 않았나요?

노라 아니요. 의사 말에 따르면, 남편은 여행을 떠나야 회복할 수 있다고 했어요.

크로그스타 그렇다면 섣불리 대필하는 것이 저를 기만하는 것이라는 생각은 안 하셨나요?

노라 당신 생각은 할 틈도 없었어요. 더구나 저는 남편의 상태를 알면서도 이래저래 일을 어렵게 만드는 당신의 모습도 보기 싫었고요.

크로그스타 저런, 부인. 당신은 아직도 어떤 걸 잘못했는지 제대로 깨닫지 못한 듯하네요. 제 이야기를 해야겠네요. 제가 예전에 저지른 범죄, 즉 지금까지 저의 명성을 모두 무너뜨린 그것도 실은 당신의 방법과 별반 다를 바 없었습니다.

노라 네? 당신도 당신 부인의 목숨을 지키기 위해 그런 일을 저질렀다는 건가요?

크로그스타 법은 동기를 묻지 않는 법이지요.

노라 그렇다면 그 법이 악법이지요.

크로그스타 악법이든 아니든……. 일단 제가 이 증거들을 법정에 제출하면 당신은 법의 심판을 받을 것입니다.

노라 아니요. 저는 그렇게 생각하지 않아요. 저는 아버지의 목숨을 지키기 위해 할 도리를 다했어요. 또 남편의 목숨을 구하기 위해 이런 일을 한 것이고요. 제가 법에 대해서 정확히 아는 것은 아니지만, 분명 어딘가에 이런 저의 동기는 용서받을 이유가 된다고 틀림없이 적혀 있을 거예요. 변호사인 당신이 이런 것도 모르다니, 정말 당신은 나쁜 사람이군요.

크로그스타 뭐, 그럴지도 모르겠습니다. 하지만 분명히 기억하세요. 제가 우리 두 사람과 관련된 일만큼은 누구보다 명확히 알고 있다는 것을 말이지요. 알겠습니다. 그럼 부인이 하고 싶은 대로 하십시오. 다만, 제가 쫓겨나게 된다면 당신의 처지도 온전하지는 못할 겁니다. (인사를 건네고는 밖으로 나간다.)

노라 (잠시 멍하니 있다가 이내 정신을 차리고) 별일 아니야! 그저 협박하려는 거겠지. 내가 그렇게 단순하지는 않다고. (외출복을 정리하다가 멈추며) 하지만……. 설마 그럴 리가! 나는 남편과 아버지를 사랑했기 때문에 그렇게 한 것뿐이라고.

아이들 (왼쪽 문 앞에 서서) 엄마, 그 이상한 아저씨는 밖으로 나갔어요.

노라 그래, 나도 알아. 조금 전 그 아저씨 이야기는 누구한테도 하면 안 돼, 알겠지? 아빠한테도 말이야.

아이들 알았어요. 그럼 우리 다시 놀아요!

노라 아니, 오늘은 안 될 것 같아.

아이들 엄마, 같이 놀기로 했잖아요.

노라 그랬지. 하지만 지금은 안 돼. 내가 할 일이 생겼어. 자, 방 안으로 들어가 있어. (조심스레 아이들을 방으로 들여보내고 문을 닫는다. 소파에 앉아서 수를 놓다가 갑자기 멈춘다.) 헬레네! 나무를 이리로 가져올래? (테이블로 가서 서랍을 열다가 잠시 멈추어 서서) 아니야! 절대 그럴 리 없지!

헬레네 (크리스마스트리로 쓸 나무를 들고 오며) 나무를 어느 곳에 세워 둘까요?

노라 저기, 방 가운데 쪽에.

헬레네 더 필요하신 건 없으신가요?

노라 없어. 필요하면 부를게.

하녀는 나무를 가운데로 옮겨 놓은 후, 밖으로 나간다.

노라 (나무를 장식하며) 촛불은 이곳에 두고, 꽃은 여기에…….

아, 설마! 그 사람 말은 사실일까? 정말 못된 사람이야. 아무 일도 일어나지 않겠지. 그저 말로만 저러는 거겠지. 자, 나무를 어서 아름답게 꾸며야겠다. 토르발, 난 당신이 바라는 일이라면 무엇이든 할 거예요. 노래도 부르고, 춤도 추고…….

헬메르가 서류 뭉치를 들고 집으로 들어온다.

노라 어머, 일찍 오셨네요.

헬메르 응, 누가 왔었나?

노라 이곳에요? 아, 아무도요.

헬메르 흠, 조금 전에 크로그스타가 대문 밖으로 나가는 걸 봤는데 말이야.

노라 아…… 실은 크로그스타 씨가 잠깐 다녀갔어요.

헬메르 노라, 나는 당신의 얼굴만 봐도 알 수 있어. 그 사람이 이곳에 와서 꽤나 간청한 모양인데.

노라 네, 맞아요.

헬메르 게다가 나한테는 그 사실을 숨기고, 당신 스스로 생각한 것처럼 보이려고 그렇게 말한 것이잖소. 크로그스타가 부탁했음에도 말이지.

노라 그래요. 하지만······.

헬메르 오, 노라. 정녕 그 부탁을 들어준 건 아니겠지. 더구나 약속하고, 나에게 말도 하지 않고 말이야.

노라 제가 거짓말하려고 했다는 건가요.

헬메르 조금 전, 나에게는 이곳에 아무도 오지 않았다고 당신이 말했잖소. (그녀를 가리키며) 우리 귀여운 종달새는 다시는 그런 짓을 벌이지 말아요. 알겠소? 종달새는 맑은 목소리로 이야기해야지, 잘못된 목소리를 내면 안 되는 법이니까. (그녀의 허리를 끌어안으며) 내 말, 똑똑히 알아들었지? 암, 그렇고말고. (그녀를 놓아준다.) 자, 그럼 이 이야기는 그만두지. (난로 곁에 앉으며) 아, 따뜻하니 기분이 좋아지는구려. (서류를 펼쳐 든다.)

노라 (크리스마스트리를 장식하다가 갑자기) 토르발!

헬메르 왜 그러오?

노라 내일모레 스턴버그 씨 댁에서 열릴 가장무도회가 너무 기다려져요!

헬메르 나도 당신이 그날, 어떤 모습으로 나를 놀라게 할지 무척 기대되는걸.

노라 아, 그렇게 너무 크게 기대하지 말아요.

헬메르 왜지?

노라 아직 딱히 생각나는 게 없어서요.

헬메르 우리 귀여운 노라가 다행히도 그걸 이제 깨달은 모양이구면.

노라 (서류를 읽고 있는 헬메르의 의자 뒤로 가 팔을 얹고) 토르발, 지금 많이 바빠요?

헬메르 음…… 글쎄.

노라 그 서류들은 다 뭐예요?

헬메르 은행과 관련된 일이지.

노라 벌써부터 은행 일을 맡은 거예요?

헬메르 이제 인사와 사업 계획에 관련된 권한이 내 앞으로 넘어왔다오. 크리스마스 동안에는 이 일을 해야 될 듯해. 새해에는 일이 좀 정리되겠지.

노라 그렇다면 크로그스타는 아마…….

헬메르 흐음…….

노라 (의자에 기댄 채 헬메르의 뒷머리를 쓰다듬으며) 토르발, 시간이 괜찮으면 제가 부탁하고 싶은 게 있는데…….

헬메르 그래? 무슨 일이야?

노라 음……. 저는 이번 무도회에서 예쁜 모습으로 인사드리고 싶어요. 또 당신이 무언가를 고르는 취향도 꽤 괜찮잖아요. 잠깐 시간이 된다면, 제가 그날 어떻게 단장해야 할지 골라 주지 않겠어요?

헬메르 드디어 그 고집을 버리고 도와줄 사람을 찾는 거야?

노라 맞아요. 당신 도움이 필요해요.

헬메르 그래, 알았어. 생각해 볼게.

노라 고마워요! (크리스마스트리 쪽으로 걸음을 옮기다가 멈추어
서서) 아, 이 빨간 꽃은 참 예쁘네요. 그런데…… 크로그
스타가 그렇게나 나쁜 짓을 저지른 건가요?

헬메르 가짜 이름으로 서명했지. 이게 무슨 뜻인지 알겠소?

노라 어쩔 수 없는 상황 때문에 그렇게 한 것은 아닐까요?

헬메르 그랬을 수도 있지. 아니면 잠시 사리 분별을 못 해서
그런 것일 수도 있겠지. 나는 그런 사소한 잘못 하나 때
문에 사나이를 곤경에 처하게 할 소인배는 아니라오.

노라 물론이지요.

헬메르 누구라도 자신의 잘못을 인정하고 합당한 처벌을 받
는다면 말이야.

노라 처벌이라고요?

헬메르 하지만 그 녀석은 처벌을 받지 않았소. 그저 어물쩍
넘어가 버리고 말았지. 나는 그게 너무 맘에 안 들어. 도
덕적으로 썩은 것이지.

노라 아, 당신은 그 점이…….

헬메르 잘 생각해 보시오. 자기의 죄를 감추기 위해서는 결국 모든 사람에게 항상 거짓말을 하고, 가면을 써야 하는 법이지. 지인이나 배우자, 심지어 자기 자식들한테까지도 말이오. 너무나 무서운 일 아니오.

노라 그래서요?

헬메르 그래서라니! 거짓말과 위선에서 나오는 병균은 결국 모두에게 퍼지게 되겠지. 그런 곳에서 자라는 아이들은 숨을 쉴 때마다 그 병균을 들이마시다 이내 타락하게 될 거야.

노라 흠, 그렇게 단언할 수 있는 거예요?

헬메르 내가 변호사로 일하면서 하나 깨달은 것이 있는데, 학창 시절에 비행하고 어긋났던 사람 대부분은 그들의 어머니가 거짓말을 일삼았어.

노라 어머니라고 단정 짓는 이유는 있나요?

헬메르 일반적으로 그렇다는 이야기고, 물론 아버지의 경우도 그렇겠지. 이건 모든 변호사가 공감할 거야. 그 녀석은 벌써 수년에 걸쳐 아이들에게 악영향을 미쳐 왔어. 그래서 아이들도 분명 병균에 옮았을 거고. 그러니 난 그를 타락했다고 볼 수밖에 없어. (노라에게 두 손을 내밀며) 자, 그러니 우리 어여쁜 노라는 절대 그의 부탁을 들어쥐서는 안 돼. 자, 약속해. (노라가 머뭇거린다.) 어허, 손가락을 걸게 이리 줘. 나는 그와 함께 일할 수 없어. 그런 인간이 내 옆에 있다는 것만으로도 나는 정말 치욕스러울 거야.

노라 (약속을 풀고 트리의 반대 방향으로 걸어가며) 하, 여긴 좀 많이 더운데요? 저는 우선 할 일을 해야겠어요.

헬메르 (서류를 챙기며 일어난다.) 그래, 나도 저녁 전까지는 몇몇 일을 해 놓아야겠어. 당신 옷차림과 크리스마스트리에 걸 금박지에 대해서도 생각해 보고 말이오. (두 손으로 그녀의 머리를 감싸며) 아, 나의 아름다운 종달새! (방으로 들어간다.)

노라 (한동안 침묵을 지키다가 이내 가라앉은 목소리로) 아니야! 그럴 리 없어! 절대 있을 수 없는 일이야! 절대로!

안네마리 (왼쪽 복도에서) 마님, 아이들이 마님 계신 쪽으로 가도 좋은지 여쭈어 달라는데요.

노라 안 돼, 데려오지 마! 당신이 아이들 옆에 있어 줘.

안네마리 네, 알겠습니다.

노라 (두려운 마음에 얼굴이 하얘지며) 아이들에게 병균을 옮긴다니! (말을 멈추고 고개를 꼿꼿이 들며) 아니야. 절대 그럴 수 없어! 절대!

2막

A Doll's House
Et Dukkehjem

같은 방. 피아노 옆에는 크리스마스트리가 놓여 있다. 트리 장식은 떨어지고, 초는 다 타 버렸다. 소파 위에는 노라의 외출복이 놓여 있다. 노라는 이리저리 방 안을 돌아다니다가 소파 옆에 서서 외투를 집어 든다. 그러나 곧 내려놓는다.

노라 누가 오지 않을까? (현관문으로 가서 귀를 기울이다가 돌아서며) 아니야. 아무도 안 오겠지. 크리스마스에 찾아올 사람이 누가 있겠어. 내일도 그렇겠지. 하지만 혹시나……. (문을 열고 바깥을 내다본다.) 그래, 편지함도 비어 있네. (곧장 방으로 가며) 맞아. 그럴 리 없어. 진담이 아니었겠지. 그런 일은 일어나지 않을 거야. 나는 아이가 셋이나 있는걸.

안네마리 (큰 상자를 들고 왼쪽 방에서 나오며) 마님, 가장무도회
에 쓸 의상을 넣은 상자를 겨우 찾았습니다.

노라 고생했어. 테이블에 놓아 줘.

안네마리 (상자 안을 들여다보며) 그런데 내용물이 너무나 엉
켜 버렸네요.

노라 아, 차라리 다 찢어 버리면 좋으련만.

안네마리 (놀라며) 아니요. 조금만 참으세요.

노라 그래, 크리스티네한테 도와달라고 해야겠네.

안네마리 설마 이렇게 추운 날씨에 나가시려는 건 아니시지
요? 감기 들어요, 마님.

노라 그것보다 더 안 좋은 일이 생길지도 몰라서 그래……
아이들은 어때?

안네마리 크리스마스 선물을 들고 놀고 있긴 한데……

노라 아, 또 날 찾는 거야?

안네마리 네, 아이들은 엄마와 있는 게 더 좋은가 봐요.

노라 하지만 나는 예전만큼 아이들과 시간을 함께 보낼 수
없는걸.

안네마리 그럼요. 아이들도 곧 적응하겠지요.

노라 그래? 그렇다면…… 아예 엄마가 떠나 버려도 아이들

은 적응할 수 있을까?

안네마리 네? 무슨 말씀이세요? 영영 떠나 버리신다는 말씀
이세요?

노라 안네마리, 너한테 궁금한 게 있었어. 어떻게 당신은 아
이들을 낯선 이들에게 줄 수 있었던 거야?

안네마리 그야 마님 댁으로 들어가기 위해서 어쩔 수 없는
일이었지요.

노라 그래, 그런데 대체 어떻게 그럴 수 있었던 거야?

안네마리 이렇게나 좋은 일자리를 제가 또 어떻게 구할 수
있었겠어요. 가난한 저에게는 이 방법만이 최선이었지
요. 나쁜 남편은 어떤 것도 도와주지 않았고요.

노라 그렇다면 당신 딸도 아마 당신을 잊어버렸겠네.

안네마리 아니요. 그 아이는 의탁됐을 때나, 심지어 결혼했을
때도 제게 편지를 보냈어요.

노라 (안네마리를 끌어안으며) 아, 안네마리. 당신은 내가 어렸
을 때, 누구보다도 좋은 엄마가 되어 줬어.

안네마리 그때 우리 어여쁜 마님께선 어머니가 안 계셨지요.

노라 만약 우리 아이들에게도 당신만 있다면…… 나 없이
도……. 아니야! 무슨 소리야! (상자를 열며) 아이들한테
가 봐. 내가 내일 얼마나 예뻐지는지 보여 줄게.

안네마리 그럼요. 마님은 내일 무도회에서 누구보다도 아름다우실 거예요. (왼쪽 문으로 나간다.)

노라 (상자를 정리하다가 이내 내던지며) 아, 아무 일도 일어나지 않았으면……. 차라리 집을 뛰쳐나가 버릴까? 아, 아니지! 무슨 소리야! 목도리나 털어야지. 장갑도 참 예쁘네. 아, 나쁜 생각은 하지 말아야지. 하나, 둘, 셋, 넷, 다섯, 여섯……. (소리를 치며) 앗, 누가 오고 있어!

현관으로 가려다가 잠시 걸음을 망설이는 동안, 린데 부인이 외투를 벗고 집 안으로 들어온다.

노라 후유, 크리스티네. 너였구나! 바깥에 다른 사람은 없는거지? 와 줘서 고마워.

린데 부인 나를 찾았다면서?

노라 그래, 여기 앉아. 나를 도와주어야 할 일이 생겼어. 내일 밤 스턴버그 씨 댁에서 가장무도회가 열리는 거 들었니? 토르발이 내게 타란텔라(빠른 박자의 이탈리아 춤곡)를 추라는 거야. 내가 카프리에 있을 때 그 춤을 잠깐 배웠거든. 나폴리 어부의 딸 복장을 입고 말이야.

린데 부인 아, 춤까지 추려고?

노라 응, 토르발이 그렇게 하래. (의상을 꺼내 들며) 이것 좀 봐. 토르발이 이탈리아서 내게 사 준 옷이지. 그런데 좀 많이 찢어졌어. 그래서 어떻게 해야 될지 너에게 물어보려고.

린데 부인 음, 심한 문제는 아니고. 그저 가장자리에 실밥이 풀린 것만 잡으면 되겠는데? 바늘과 실 있니? 아, 여기다 있네.

노라 너무 고마워.

린데 부인 (옷을 기우며) 그럼 내일 이 옷을 입겠네? 나도 내일 네가 옷 입는 걸 도와주기라도 해야겠다. 참, 내가 어제 일에 대해 고맙다고 이야기하는 걸 깜박하고 있었네.

노라 (일어서서 방 쪽으로 걸어가며) 크리스티네, 사실 어제는 엄청 화기애애하지는 않았어. 아, 네가 좀만 더 이곳에 일찍 왔으면 좋았을 것을! 물론 토르발은 집 안을 우아하게 만들 줄 알지만 말이야.

린데 부인 에이, 너도 마찬가지잖아. 네 아버지도 그러셨고. 그런데 랑크 박사님은 항상 그렇게 쥐 죽은 듯이 있는 거야?

노라 아니야. 어제 조금 그랬을 뿐이야. 사실 그 사람은 척추결핵을 앓고 있어, 너무 안됐지. 더구나 그분 아버지는 첩을 두고 사는 바람에, 그는 어렸을 때부터 여러 병을 앓게 되었나 봐.

린데 부인 (바느질을 내려놓으며) 너는 어떻게 하다가 그런 사실을 다 알게 된 거야?

노라 (방 안을 이리저리 돌아다니며) 흠, 아이들을 셋이나 두고 있으면 이러저러한 사람들을 만나기 마련이지. 그들한 테서 이런 이야기를 듣는 거고.

린데 부인 (바느질을 이어 가다가 잠시 말을 멈춘 후) 그런데…… 랑크 박사님은 매일 이 집에 오시는 건가?

노라 매일같이 오셔. 선생님과 남편은 둘도 없는 친구인가 봐. 물론 내게도 아주 좋은 분이시고. 거의 우리 가족이 라고 봐도 무방할 정도지.

린데 부인 그분은 솔직한 성격인 편이니? 혹시 남이 듣기 좋 아하는 소리만 골라서 늘어놓는 분은 아니고?

노라 그럴 리가. 왜 그런 생각을 한 거야?

린데 부인 어제 네가 나를 소개했을 때, 그분은 내 이름을 몇 번 들어본 적 있다고 하셨거든. 그런데 네 남편은 나를 전혀 모르시는 듯했어. 그래서 랑크 박사님이 어떻게 나 를 아시는지…….

노라 아, 그건 랑크 박사님 말을 믿어도 돼. 믿기지 않겠지만,

토르발은 거의 나에게 모든 정신을 쏟고 있어. 오직 나에게만 집중하려고 하지. 신혼 생활을 할 때는 내가 오랜만에 만난 친구 이야기만 해도 질투가 났나 봐. 그래서 남편에게는 그 이야기를 하지 않았지만, 랑크 박사님은 워낙 이야기를 듣는 걸 좋아하시는 분이라 스스럼없이 이야기를 주고받아서 그래.

린데 부인 노라. 내가 너보다 나이가 많고, 여러 경험도 많으니까 충고해 줄게. 랑크 박사님께 너무 많이 속마음을 털어놓지는 마.

노라 왜 그렇게 생각해?

린데 부인 네가 어제 말했던 돈 많고, 널 좋아한다는 사람 말이야.

노라 그런 사람은 없다니까.

린데 부인 그분은 잘 살아?

노라 그런 것 같아.

린데 부인 매일 여기 오고?

노라 그렇다고 말했잖아.

린데 부인 대체 왜 그렇게 행동하는 거지?

노라 무슨 말이야, 그게.

린데 부인 노라, 설마 나한테까지 속이려 하는 거야? 내가 모를 것 같았어? 네게 돈을 빌려준 사람이 누군지?

노라 너 정말 미쳤구나! 어떻게 그런 생각을 할 수 있어? 가족과 다름없는 소중한 분께 뭐하는 짓이야!

린데 부인 진짜, 그 사람이 그런 거 아니야?

노라 절대 아니야. 단 한 번도 그렇게 생각해 본 적 없어. 또 랑크 박사님은 누구에게 줄 큰돈을 가진 사람도 아니야. 얼마 전에야 재산을 물려받았으니까.

린데 부인 그래, 그렇다면 정말 다행이야.

노라 하지만 내가 만약 부탁했다면…….

린데 부인 물론 넌 그렇게 안 했겠지만.

노라 당연하지. 그런데 내가 돈을 빌려달라고 부탁했다면 분명…….

린데 부인 남편도 모르게?

노라 나는 끝내야 되는 관계가 있어. 이건 남편은 모르는 일이야. 나는 그 관계를 끝내야만 해.

린데 부인 그거야 내가 어제도 말한 이야기잖니. 그런데…….

노라 (방 안을 서성거리며) 아마 남자라면 여인보다 그런 일을 더 수월히 처리하겠지?

린데 부인 그렇다면 남편이 도와주면 되겠네.

노라 무슨 소리야! 말도 안 돼. (잠시 멈추어 서서) 그런데 내가 돈을 다 갚으면 차용증도 돌려주는 거지?

린데 부인 그렇지.

노라 그렇다면 그 서류를 찢어 버리고 불에 태워도 모자를 거야. 정말 역겨워!

린데 부인 (바느질을 중단하고, 그녀를 똑바로 바라보다가 일어서며) 너, 나한테 숨기는 게 있구나?

노라 무슨 소리야.

린데 부인 어제부터 사실 뭐가 많이 수상했어. 노라, 대체 무슨 사정인 거야?

노라 크리스티네! (린데 부인에게 다가가다 바깥에서 나는 소리에 귀를 기울이며) 잠깐만! 남편이 집으로 돌아왔어. 아이들과 잠시 저쪽에 있어 줄래? 토르발은 바느질하는 모습을 보고 싶어 하지 않을 거거든. 안네마리한테 너를 도와주라고 이야기해 놓을게.

린데 부인 (바느질감을 정리하며) 일단 알겠어. 하지만 내게 속사정을 다 털어놓기 전까지는 나도 집으로 돌아가지 않을 거야. (왼쪽 방으로 들어간다. 동시에 헬메르가 노라 쪽으로 다가온다.)

노라 (헬메르에게 다가가며) 오, 사랑하는 토르발. 여태껏 기다리고 있었어요.

헬메르 (주변을 둘러보며) 옷을 제작하는 사람이 온 건가?

노라 아니요, 크리스티네가 왔어요. 제가 옷을 고치는 걸 도와주고 있었지요. 당신 말씀대로 가장무도회에 가면 정말 멋있을 것 같아요.

헬메르 맞아. 역시 좋은 생각이었어. 그렇지?

노라 물론이지요. 하지만 이런 당신의 제안을 따라가는 저도 참 착하지요?

헬메르 (노라의 턱 밑을 가볍게 두 손가락으로 쥐고) 착하다니? 남편의 의견에 따르는 것뿐인데도? 그래, 당신이 별다른 뜻 없이 이야기한 거겠지. 어서 그 옷을 고치고 있어. 내가 훼방을 놓으면 안 되겠지.

노라 아휴, 또 일하시려고요?

헬메르 (서류 뭉치를 보여 주며) 그래, 이것들 봐봐. 다 은행에서 가져온 것이라고. (서재로 걸음을 옮기려고 한다.)

노라 여보.

헬메르 왜?

노라 당신의 어여쁜 종달새이자 다람쥐가 부탁하고 싶은 게 있는데요…….

헬메르 음, 뭔데?

노라 들어주시겠지요?

헬메르 당연하지. 하지만 일단 어떤 일인지는 알아야겠어.

노라 만약 당신이 그렇게 해 주겠다고 말해 준다면, 이 다람쥐는 너무나 신이 나서 온갖 재주를 보여 줄 거예요. 종달새 또한 아름답게 지저귀며 노래를 부르겠지요. 그러고는 작은 요정이 되어 당신만을 바라보며 춤출 거예요.

헬메르 그거야 당신이 원래 하고 있는 건데, 뭐. 대체 어떤 일인데 그래?

노라 (한 걸음 더 다가가며) 토르발, 부탁이에요!

헬메르 아아, 당신은 정녕 그 이야기를 또 꺼내려는 거요?

노라 그래요. 크로그스타가 은행에서 일자리를 유지할 수 있도록 힘을 써 주세요.

헬메르 노라, 하지만 난 이미 그 자리를 린데 부인께 넘겨드렸다고.

노라 그거야 잘하신 일이지요. 그렇다면 그 사람 대신 다른 직원을 해고하시면 되잖아요.

헬메르 대체 왜 내 말도 듣지 않고 그렇게 바보 같은 약속을 해 버린 거요? 정말 제멋대로야, 당신!

노라 그것 때문만은 아니에요. 저는 오로지 당신을 위해서 이러는 거예요. 그 사람은 몇몇 신문에 끔찍한 논설을 쓴다고도 언젠가 당신이 말했었지요. 어쩌면 그가 당신

에게 치명적인 상처를 입힐 수도 있을 거예요. 저는 그
사람이 정말 두렵고요…….

헬메르 아, 이제야 좀 알겠네. 당신 혹시, 예전의 그 일 때문
에 겁에 질린 거요?

노라 무슨 말씀이세요?

헬메르 당신 아버지 때문에 그러는 거잖아.

노라 아……. 그래요. 잘 아시네요! 몇몇 못된 사람이 아버지
에 대해 비난 일색으로 신문에 글을 썼던 것은 기억하시
겠지요? 당신이 조사관으로 있었을 때, 우리 아버지를
도와주지 않았다면 그분은 일을 잃고 말았을 거예요.

헬메르 아이고, 노라. 하지만 그분과 나는 전혀 다른 문제라
고. 사실 당신 아버지는 청렴결백하다고 보기에는 무리
가 있었지. 하지만 나는 다르오. 너무나 청렴결백하지.
지금도 그렇게 살기 위해 노력하고 있고.

노라 그건 아무도 모르는 거예요. 그런 사람들은 악의만 품
으면 무엇이든 꼬투리를 잡지 않겠어요? 우리는 지금
너무나 걱정 없이 평화롭게 지내고 있잖아요. 앞으로도
그럴 거고요. 그러니 진심으로 부탁이에요.

헬메르 당신이 그렇게 부탁하면 할수록 나는 그 사람을 내쳐
야만 하게 되오. 그 사람을 내가 내친다는 것은 이미 모

든 은행 사람들이 알고 있지. 그런데 내가 고작 당신 말 때문에 입장을 바꿨다는 소문이라도 나면 어쩌려고 그러오.

노라 그게 왜 문제가 된다는 거지요?

헬메르 아, 문제라고까지 할 건 없겠지. 그저 우리 귀여운 다람쥐의 고집이 관철됐을 뿐이겠지. 하지만 나는 회사에 들어가자마자 부하 직원들의 웃음거리로 전락하고 말 거요. 타인의 의견에 이리저리 휘둘리는 사람이 왔다고. 그렇지 않소? 그렇게 된다면 어떤 일이 일어나겠소. 또 그뿐만이 아니고, 적어도 내가 이곳에서 일하는 동안은 그를 우리 은행에 있도록 할 수 없는 이유가 더 있지.

노라 그게 어떤 건가요?

헬메르 그 사람의 도덕적인 결함이지. 그것은 어떻게 봐도 모른 체할 수는 없는 것이오.

노라 하지만 토르발, 정녕 모른 척할 수는 없는 건가요?

헬메르 물론 녀석이 꽤 일을 잘한다는 평판을 듣고 있다는 것도 알고 있소. 하지만 크로그스타는 나의 어렸을 적 친구란 말이오. 우리는 사실 여보게, 자네, 하고 친밀하게 지내는 사이지. 하지만 적당한 우정이란 나중에 큰 화를 부르는 법이오. 심지어 그 사람은 다른 사람들이

보는 앞에서도 우리의 관계를 전혀 숨기려 하지 않지. 또 나에게 스스럼없이 말을 거는 것조차 당연하다고 여기고 있소. 그러니 정말 미칠 지경이지 않겠소? 나는 더 이상 그와 일하고 싶지 않소.

노라 토르발, 진심으로 하는 말씀은 아니겠지요?

헬메르 내 말이 진심 같지 않다는 거요?

노라 흠…… 제가 볼 때는 이유가 말이 되는 것 같지는 않아서요.

헬메르 이유가 말도 안 된다니……. 나를 소인배로 생각하는 거요?

노라 아니지요. 정반대예요. 오히려 그렇기 때문에…….

헬메르 알겠소! 당신은 내가 그를 그만두게 하려는 이유를 말도 안 된다고 여겼지. 그러니 나도 소인배가 된 셈이오. 좋아, 내가 아주 이 문제를 끝장을 내야겠어. (현관으로 가서) 헬레네! 헬레네!

노라 대체 어쩌려고 그러시는 거예요?

헬메르 통고문을 보내야겠소. (헬레네가 방으로 들어온다.) 그래, 헬레네! 이 편지를 들고 곧장 우편배달부를 찾아 보내도록 해. 시간 끌지 말고, 알았지? 주소는 봉투 위에 쓰여 있어. 참, 돈도 줘야지.

헬레네 알겠습니다, 나리. (편지를 들고 나간다.)

헬메르 자, 이제 모든 일은 끝났소. 이 고집쟁이 아가씨.

노라 (당황한 목소리로) 토르발! 대체 그게 무슨 편지인가요?

헬메르 모르겠소? 크로그스타의 해고 확정 통고문이오.

노라 토르발! 다시 가져 오세요! 아직 늦지 않았어요! 저를 위해서, 당신들을 위해서, 우리 아이들을 위해서요. 제 발! 당신은 그 편지가 우리에게 어떤 영향을 끼칠지 모르고 있어요.

헬메르 이제는 너무나 늦었지.

노라 그래요…….

헬메르 사랑하는 노라, 당신을 용서해야겠지. 물론 당신이 한 행동은 내게 큰 모욕감을 주었지만 말이야. 내가 그런 악랄한 변호사 때문에 떨어야 한다고 생각하다니! 그래, 이건 분명 모욕이지! 하지만 그럼에도 나는 당신을 용서하오. 나는 너무나 당신을 사랑하니까! (그녀를 꽉 안는다.) 그래, 어떻게든 되겠지. 만약 일이 생긴다면, 내가 모든 책임을 질 수 있다는 걸 당신은 깨닫게 될 거야.

노라 (겁먹은 목소리로) 그게 무슨 말씀이세요?

헬메르 내가 할 수 있는 모든 책임을 지겠다는 이야기야.

노라 절대! 절대 그럴 수는 없어요.

헬메르 그래, 그렇다면 남편과 아내의 역할 정도로만 나누면 괜찮겠지. 우리 둘이 함께 이 어려움을 이겨내야겠지. 그럼 다 괜찮아질 거야. (그녀를 부드럽게 쓰다듬으며) 너무 겁내지 마. 그래, 다 허황된 생각일 뿐이야. 당신은 어서 내일 가장무도회 준비를 해야겠네. 나는 이제 사무실에 들어가 일을 보겠네. 그러니 마음 놓고 타란텔라 연습을 해요. (서재로 향하며) 혹시 랑크가 오면 내 위치를 알려 주고.

헬메르는 그녀를 향해 고개를 끄덕이고는 서류를 들고 방으로 들어가 문을 닫는다. 노라는 겁에 질린 표정으로 어쩔 줄 몰라 한다.

노라 (정신이 나간 듯한 목소리로 작게 중얼거리며) 그래, 그는 이겨 낼 수 있을 거야. 하지만 어떻게 그런 일을 저지른 걸까! 아니야, 절대 그런 일은 일어나면 안 되지. 해결할 방법을 찾을 수 있을 거야. 아, 그래. 이 곤경에서 빠져나갈 방도가 있을 거야. 도움을 받아야만 돼!

이때 현관 밖에서 초인종 소리가 울린다.

노라 그래! 무슨 다른 방법이 있겠지! 그것이 무엇이든!

그녀는 다시 정신을 차리고 현관문을 연다. 랑크 박사가 바깥에서 외투를 정리하고 있다. 그러던 중 바깥은 어두워진다.

노라 박사님, 어서 오세요! 초인종 소리를 듣고 당연히 박사님인 줄 알았지요. 하지만 지금은 토르발에게 가지 마세요! 열심히 일하고 있는 듯해요.

랑크 흠, 그렇다면 당신은 시간이 괜찮으신지요.

노라 (랑크를 안으로 들어오게 하고 문을 닫으며) 물론이지요. 저는 선생님을 위해서라면 언제든 이야기를 나눌 시간이 있어요.

랑크 다행입니다. 그럼 남은 시간 동안에는 그렇게 하지요.

노라 남은 시간 동안이라니요? 그게 무슨 말씀이세요.

랑크 놀라셨나요?

노라 너무 이상한 말이잖아요. 대체 어떤 게 남았다는 건가요?

랑크 음…… 오래 전부터 각오하고 있던 것이 다가오고 있습니다. 하지만 이렇게나 빨리 다가올 줄은 몰랐어요.

노라 (랑크의 팔을 부여잡으며) 대체 어떤 게 다가온다는 건가
요, 선생님! 꼭 알려 주세요!

랑크 (난롯가에 앉아) 제가 여생을 보낼 시간 말입니다. 이제
는 어쩔 도리가 없게 됐네요.

노라 (안도의 한숨을 내쉬며) 아, 랑크 박사님 이야기였군요.

랑크 그럼 제가 달리 누구 이야기를 하겠습니까. 저는 요즘
저를 찾아오는 환자들 가운데 가장 비참한 환자입니다.
부인, 저는 최근 며칠간 제 몸의 상태를 면밀히 살폈는
데요. 돌이킬 수 없는 상태라는 진단을 내렸습니다. 아
마도 저는 한 달 안에 관 속으로 들어가 썩은 몸이 되어
있겠지요.

노라 아아, 그렇게 끔찍한 말씀은 하지 마세요!

랑크 상황이 너무 안 좋게 치닫고 있는 게 사실이니까요. 하
지만 제일 끔찍한 건, 그동안 또 다른 끔찍한 일들이 저
를 찾아올 거라는 점이에요. 한 가지 검사만 끝나면 제
여생을 대략 알 수 있을 듯해요. 그전에 부인께 드릴 말
씀이 있습니다. 헬메르는 너무나 예민해서 이런 걸 잘
견뎌 내지 못할 거예요. 그러니 그가 제 병실에 들어오
지 않도록 도와주세요.

노라 하지만……

랑크 다시 말씀드리지요. 저는 그가 제 병실에 오는 걸 바라지 않습니다. 절대로요. 그가 들어온다고 해도, 저는 밖에서 문을 걸어 잠글 겁니다. 만약 제 죽음이 임박한다면 부인께 검은 십자가가 그려진 명함을 보내 드리지요. 그렇다면 부인 또한 그 사실을 알 수 있으시겠지요.

노라 저는 박사님의 기분 좋은 모습을 언제쯤 볼 수 있을까요? 오늘도 정말 이상한 말씀만 하시네요.

랑크 죽음이 코앞으로 다가왔는데 그럴 수 있겠습니까? 제 후손도 이 고통을 받아들여야만 하지요. 아, 다른 사람의 죄 때문에 내가 이렇게 고통스러워해야 하다니. 대체 정의라는 건 어디에 있는 걸까요?

노라 (귀를 막으며) 자, 그런 말 하지 마시고 노래 부르며 기운을 내 보세요! 즐겁게요!

랑크 그래요. 결국 저는 그저 웃으며 이 사실을 받아들여야겠지요. 죄 없는 내 척추는 아무 여자들과 마음대로 정분을 나누던 해군 장교 시절의 우리 아버지 때문에 그 죗값을 치르고 있는 거라고요.

노라 (왼쪽에 놓인 테이블로 가며) 아버님이 아스파라거스와 오리고기를 좋아하셨다고 그랬지요.

랑크 네, 송로 버섯도 좋아하셨지요.

노라 아마 굴도 좋아하셨겠지요?

랑크 맞아요. 굴도 참 좋아하셨지요.

노라 그런 것이며 포도주나 샴페인 같은 맛있는 것들이 척추를 상하게 한다니 너무 속상한 일이에요.

랑크 심지어 뼈들은 이렇게나 맛있는 것들은 먹지도 못하면서 상하기만 하니, 참 기가 막히지요.

노라 맞아요. 너무 슬픈 일이지요.

랑크 (그녀를 뚫어지게 바라보다가) 하하!

노라 왜 그러시는 거지요?

랑크 아니, 당신은 지금 웃었지 않습니까?

노라 아니에요. 박사님이 웃으셨지요.

랑크 (자리에서 일어나며) 알고는 있었지만, 당신은 내 생각보다도 더 심술궂네요.

노라 제가 오늘 심경이 좀 복잡해서 그래요.

랑크 흠, 그렇게 보이기도 하는군요.

노라 (그의 어깨에 손을 얹고) 랑크 박사님, 토르발과 저희를 두고 떠나지 마세요.

랑크 아, 사람에 대한 그리움은 곧 나아질 겁니다. 죽은 사람이야 곧 잊히기 마련이니까.

노라 (두려운 듯) 그렇게 생각하세요?

랑크 머지않아 새로운 사람을 만나겠지요.

노라 제가요?

랑크 그건 아마 헬메르도 마찬가지일 겁니다. 부인은 이미 그렇게 하시는 듯하고요. 어제저녁에 오신 분과…….

노라 아, 설마 가여운 크리스티네에게 질투를 느끼시는 건가요?

랑크 그래요, 맞습니다! 그 사람이 제 역할을 대신 맡아 주겠지요! 제가 없어지면…….

노라 그렇게 크게 이야기하지 말아요! 크리스티네가 저 안에 있단 말이에요.

랑크 그분이 오늘도 당신을 찾아왔나요? 거 봐요. 제 말이 맞네요.

노라 아니, 그것 때문이 아니에요. 단지 오늘은 제 옷을 고쳐 주기 위해 왔을 뿐이에요. 참, 박사님도……. (소파에 앉아) 그나저나 박사님, 내일 제가 무도회장에서 얼마나 아름다운 춤을 추는지 지켜봐 주세요. 박사님도 그때만큼은, 제가 오로지 박사님을 위해 춤춘다고 생각하셔도 좋아요. 물론 토르발을 위해서 그런 것이기는 하지만……. (상자에서 여러 물건을 꺼내며) 이리 와서 앉아 보세요. 제가 보여 드릴 게 있어요.

랑크 어떤 것이지요? (노라가 물건을 꺼낸다.) 아, 실크 스타킹
이군요.

노라 살구색으로 만들었지요. 정말 멋있지요? 아…… 이쪽
은 좀 까매지긴 했네요. 하지만 내일은 발만 봐 주세요.
아, 뭐 어떤가요. 그래요, 나머지 부분도 모두 보세요.

랑크 흠……

노라 왜 그런 눈으로 보시는 건가요? 잘 어울릴 것 같지 않나
요?

랑크 정확히 뭐라 설명 드리기는 어렵네요.

노라 아이참! (스타킹으로 가볍게 귀를 때리며) 이건 제대로 말
하지 못한 벌이예요. (스타킹을 상자에 집어넣는다.)

랑크 자, 이번에는 어떤 물건을 보여 주시겠어요?

노라 됐어요. 이런 분께 더 이상 뭘 보여 드리겠어요. (콧노래
를 흥얼거리며 다시 어떤 것을 찾는다.)

랑크 (잠시 침묵하다가) 제가 이렇게 당신에게 친절한 대접을
받고 있자니, 만약 제가 이 집을 찾지 않았더라면 어떻
게 살게 되었을지 차마 짐작도 못 하겠네요. 이제는 상
상조차 할 수 없어요.

노라 (미소를 지으며) 맞아요. 박사님은 우리와 정말 더없이
친하게 지냈어요.

랑크 (고개를 들어 앞을 바라보며) 이제 저는 이 모든 추억을 남겨 놓고 세상을 떠나야만 하게 됐네요.

노라 무슨 소리예요. 그럴 수는 없어요.

랑크 제대로 감사 인사도 못 드린 것 같은데…… 우리는 스치듯 이별하게 되겠지요. 물론 당신의 자리는 누군가가 채워 주겠지만요.

노라 (잠시 머뭇거리며) 사실 이 이야기를 지금 꺼내도 될지는 잘 모르겠는데요……. 제가 당신에게 부탁을 드린다면…… 아, 아니에요.

랑크 무슨 부탁이지요?

노라 꽤 큰 부탁이에요.

랑크 그걸 들어드린다면 저 또한 행복해질 것 같은데요.

노라 어떤 부탁인지도 모르시잖아요.

랑크 그럼, 지금 말씀해 주세요.

노라 아직은 안 돼요. 너무 말도 안 되는 이야기라……. 큰 노력이 필요한 일이에요.

랑크 그렇다면 제가 더 도와드릴 수 있을 것 같은데요. 하지만 무슨 부탁인지는 아직 잘 모르네요. 어떤 문제인가요? 혹시 저를 신뢰하지 못하는 건가요?

노라 그럴 리가요. 당신은 제가 제일 아끼는 친구잖아요. 그래요, 말씀드릴게요. 저를 지키고 싶다면 꼭 도와주시기를 바라요. 당신은 토르발이 저를 얼마나 사랑하는지 잘 아실 테지요. 아마 그이는 저를 위해서라면 주저하지 않고 목숨까지 바칠 사람이에요.

랑크 (그녀를 향해 몸을 숙이며) 노라, 그렇게 할 수 있는 사람이 정말 남편뿐이라고 생각하시는 거예요?

노라 (놀라며) 네? 무슨 말씀이세요?

랑크 당신을 위해 기꺼이 목숨을 바칠 다른 사람이 있다면 아마…….

노라 (단호하게) 그만해요.

랑크 저는 제 명이 다하기 전에 이런 마음을 당신이 알게 해줘야겠다고 다짐했어요. 그리고 마침내 기회를 잡았지요. 노라, 이제 알겠어요? 부인께서 다른 누구보다도 저를 믿고 있다는 사실을요.

노라 (차가운 목소리로) 잠시 실례할게요. (자리에서 일어난다.)

랑크 (자리를 옮기는 노라를 바라보며) 노라…….

노라 (밖에서) 헬레네, 램프를 가지고 이쪽으로 올래? (다시 랑크가 있는 쪽으로 오며) 아, 박사님. 정말 너무하시네요.

랑크 (일어서며) 제가 부인을 사모했다는 것이 그렇게 너무한 일인 건가요?

노라 아니요. 굳이 제게 그런 말씀을 하셨다는 사실이요. 꼭
그러셔야만 했나요.

랑크 네? 무슨 말씀이세요? 혹시 이런 제 마음을 알고 계셨
나요? (이때 헬레네가 들어와 램프를 책상 위에 두고 나간다.)
노라, 말해 줘요. 알고 계셨던 건가요?

노라 제가 알았느냐니요! 어찌 그렇게 말씀하실 수 있지요?
선생님답지 않아요. 그전까지는 괜찮았는데 말이지요.

랑크 알겠어요. 하지만 부인은 지금 제가 이토록 열렬하게
부인을 사모한다는 걸 분명 아시겠지요.

노라 (잠시 그를 바라보며) 우리 상황이 이렇게 되었는데, 제가
부탁을 드려야 될까요? 이제 저는 절대 말씀드리지 못
하겠군요.

랑크 오, 부인. 제발요! 이런 식으로 제게 벌하려 하시면 안
됩니다. 제가 할 수 있는 일이라면 가능한 한 모든 힘을
다해 당신을 도와드리겠습니다.

노라 이제 저를 위해 도와주실 건 아무것도 없어요. 음……
다시 생각해 보면, 저는 그 누구의 도움도 필요치 않아
요. 모든 것이 그저 허황된 생각일 뿐이지요. 맞아요. 분
명 그럴 거예요! (갑자기 그를 향해 웃으며) 박사님은 정말
좋은 분이세요. 그나저나 등불이 켜졌는데, 이제 좀 부

끄러운 생각이 들지는 않으신가요?

랑크 아니요. 하지만 이제는 당신과 작별해야만 하겠지요. 그게 도리에 맞겠네요.

노라 안 돼요. 앞으로도 예전처럼 이곳에 와 주세요. 토르발이 당신 없이는 못 산다는 것도 잘 아시잖아요.

랑크 하지만…… 당신은요?

노라 네? 아, 저도 박사님을 보면 기분이 한결 나아지곤 하지요.

랑크 그래요. 그게 제가 착각하게 된 이유입니다. 당신은 정말 속을 모르겠군요. 저는 가끔 생각했어요. 당신은 토르발과 있는 것만큼이나 저와 있는 것을 좋아할 거라고요.

노라 박사님, 그저 함께 있는 것만으로 좋은 사람도 있는 법이에요. 사랑하지 않음에도 말이지요.

랑크 그렇군요…….

노라 저는 결혼하기 전까지만 해도 아빠를 제일 사랑했지요. 하지만 몰래 하녀들의 방에 들어가 이야기를 나누는 것도 재미있었어요. 왜냐하면 그들은 누구처럼 뻔한 설교를 늘어놓지 않고, 항상 제게 흥미로운 이야기를 해 주었거든요.

랑크 아, 제가 지금은 그 하녀들의 역할을 해 주고 있는 것이군요.

노라 (벌떡 일어나) 어머, 그런 뜻으로 말씀드린 게 아니에요! 하지만 당신도 아실 거예요. 토르발과 있으면 왠지 아빠와 함께 있는 것 같은 느낌이 든다는 것을……

헬레네가 안으로 들어온다.

헬레네 마님, 이거……. (노라의 손에 명함 한 장을 건넨다.)

노라 (명함을 보고 흠칫 놀라며) 아! (곧바로 주머니에 집어넣는다.)

랑크 어떤 문제라도 생겼나요?

노라 아, 아녜요……. 그저 새로 주문한 옷에 관련된 것이랍니다.

랑크 네? 당신 옷은 저쪽에 있지 않나요?

노라 아…… 맞아요. 하지만 이번엔 다른 옷 이야기지요. 제가 주문했거든요. 이건 토르발은 아직 몰라요.

랑크 그렇다면 말씀하신 크나큰 비밀이 그거였군요.

노라 맞아요. 그러니 그이에게 가 주세요. 지금 방 안에서 열심히 일하고 있을 거예요. 가능한 오래 그 방에 붙들어 주시고요.

랑크 물론이지요. 방 밖으로는 얼씬도 못하게 하겠습니다.

(곧장 헬메르의 방으로 들어간다.)

노라 (헬레네에게) 그래서 지금 날 기다리는 거야?

헬레네 네, 계단으로 올라와 부엌에서 기다리고 있어요.

노라 내가 다른 사람과 있다는 걸 말하지 않은 거야?

헬레네 말했지요. 그런데 말을 듣지 않네요.

노라 안 간대?

헬레네 마님과 이야기하기 전까지는 절대 갈 수 없다고 했어요.

노라 알겠어. 일단 이리로 모시고 와. 하지만 헬레네, 최대한 조심스레 행동해 줘. 다른 사람에게는 절대 말하지 말고. 특히 남편이 이 사실을 알면 너무나 놀랄 거야.

헬레네 네, 알겠습니다. (자리를 떠난다.)

노라 마침내 고통스러운 일이 펼쳐지는구나. 아냐, 그런 일은 있어서는 안 돼. 그래선 안 돼!

노라는 헬메르의 서재 문을 잠근다. 헬레네가 복도 쪽 문을 열자, 외출복 차림의 크로그스타가 모습을 드러낸다. 그는 모피로 만든 외투를 입고, 털모자를 쓰고 있다.

노라 작게 이야기해요. 남편이 집에 있어요.

크로그스타 제겐 이제 상관없는 일입니다.

노라 무슨 말을 하려고 오신 건가요?

크로그스타 확인해야 될 게 있어서요.

노라 뭔데 그래요?

크로그스타 제가 해고당했다는 것을 아시나요?

노라 그래요. 하지만 막을 수 없었어요. 제가 말씀드렸잖아
요. 저는 최대한 노력했지만, 오히려 상황만 안 좋아졌
다고요.

크로그스타 토르발이 당신을 그렇게 사랑하지 않나 보지요?
제가 부인에게 어떤 일을 저지를지 뻔히 알면서도 말이
지요.

노라 남편이 그 사실을 알고 있다고 생각하셨나요?

크로그스타 아, 그렇군요. 아니겠지요. 우리의 헬메르가 제가
어떻게 할지 알고도 그런 용기를 가졌을 리 없겠지요.

노라 크로그스타 씨, 그이에 대한 예의는 지켜 주시지요.

크로그스타 아, 물론입니다. 하지만 당신이 제가 온 사실을
이토록 감추려는 걸 보니, 적어도 당신이 이 일에 대해
서 어제보다 조금 더 이해하신 듯하군요.

노라 당신 같은 사람이 알려 준 것보다야 더 잘 알고 있지요.

크로그스타 그렇겠네요. 저야 하찮은 변호사니까요.

노라 대체 어떤 걸 원하시는 건가요?

크로그스타 아닙니다. 단지 부인이 이를 어떻게 받아들이시
는지 여쭈어보고 싶어 왔을 뿐입니다. 저는 오늘 온종일
당신에 대한 생각을 했습니다. 저 같은 타락한 인간에게
도 약간의 마음이라는 게 있는 법이니까요.

노라 그렇다면 그 마음을 보여 주세요. 저와 제 어린 자식들
을 봐서라도요.

크로그스타 글쎄요. 토르발이나 당신이 저와 제 자식들에 대
한 생각을 해 주셨을까요? 하지만 이제 이 일에 대해서
는 굳이 심각하게 받아들이실 필요는 없습니다. 저는 굳
이 소송까지 만들고 싶지는 않으니까요.

노라 맞아요. 설마 소송하시려고요. 저도 당연히 그렇게 할
것이라 여기지 않았습니다.

크로그스타 잘 해결될 수 있을 겁니다. 우리 세 사람이 힘을
합친다면 말이지요.

노라 혹시나 해서 말인데, 토르발은 이 일을 절대 알아서는
안 된다는 거 알고 있지요?

크로그스타 이 비밀이 언제까지나 지켜질 거라고 생각하셨
나요? 부인이 나머지 빚을 모두 갚아 주시기 전까지는

방법이 없을 텐데요.

노라 지금 당장은 불가능한 일이지요.

크로그스타 그렇다면 하루나 이틀 동안에 그 돈을 주실 묘책
이라도 찾아내신 겁니까?

노라 아니요.

크로그스타 뭐, 어떻게 되든 이제 어떤 돈을 주시더라도 제게
차용증을 받으실 수는 없을 겁니다.

노라 네? 무슨 말씀이세요? 그 증서를 대체 어떻게 쓰실 생
각이신 건가요?

크로그스타 그냥 간직하고 있으려 합니다. 그렇다면 이 문제
와 관련되지 않은 사람들은 누구도 알지 못하게 되겠지
요. 하지만 당신이 너무나 절망한 나머지, 무엇인가 말
도 안 되는 생각을 하고 계신다면…….

노라 사실 그런 생각도 하고는 있지요.

크로그스타 설마 남편과 가족을 모두 버리고 집 밖으로 도망
칠 생각을 하셨나요?

노라 맞아요. 그것보다 더 나쁜 것도 생각해 보았어요.

크로그스타 그렇다면 그런 생각은 하루빨리 접으시는 게 좋
을 겁니다.

노라 제 생각을 어떻게 아셨지요?

크로그스타 곤경에 처하면 누구라도 그것을 생각하는 법이 지요. 저도 그랬으니까요. 다만 제게는 그럴 용기가 없었을 뿐입니다.

노라 맞아요. 저도 용기가 없는 사람이에요.

크로그스타 그렇겠지요. 그런 생각은 너무나 터무니없는 짓입니다. 기껏해야 집안이 잠시 소란스러워질 정도뿐일 겁니다. 자, 저는 남편에게 편지를 드리려고 하는데요.

노라 아, 결국 남편에게 모든 사정을 털어놓을 셈인가요?

크로그스타 최대한 부드러운 문투로 적어 놓았습니다.

노라 (당황함을 감추지 못하며) 아, 제발요. 편지를 그이가 보아서는 안 돼요! 얼른 찢어 버리세요. 제가 무슨 수를 써서라도 돈은 갚아 드릴게요.

크로그스타 부인, 이제 제가 돈에 관심이 없다는 건 방금 전에 말씀드렸습니다만…….

노라 네? 돈 이야기를 하는 게 아니라니요. 우선 우리 남편에게 요구할 금액을 알려 주세요. 그렇다면 제가 그 돈을 마련해 보도록 하겠습니다.

크로그스타 저는 돈을 요구하는 것이 아닙니다.

노라 그렇다면 어떤 걸 바라시는 거지요?

크로그스타 저는 그저 재기를 이루고 싶은 겁니다. 부인, 저는 출세하고 싶습니다. 그러기 위해서는 당신 남편이 필요하지요. 저는 적어도 지난 1년 6개월 정도는 다른 사람들이 안 좋게 생각할 일은 하지 않았어요. 정말 최선을 다했지요. 저는 일하는 게 너무나 즐거웠습니다. 조금씩 달라지기 시작했다고요. 하지만 다시 내쫓길 운명에 처했습니다. 이제는 다시 채용되는 것만으로는 만족할 수 없어요. 은행으로 돌아가야지요. 그래서 지금보다 더 높은 자리를 차지해야겠어요. 토르발이 그렇게 해 줘야겠어요.

노라 우리 남편이 그렇게 해 줄 거라고 보시는 건가요? 절대요!

크로그스타 하지만 그렇게 될 겁니다. 나는 토르발을 잘 알아요. 사실 그는 쉽게 거절하지 못하는 사람이지요. 제가 옆에 있다면 그가 어떤 모습으로 바뀌는지 볼 수 있을 거예요. 그리고 1년 안에 저는 오른팔로 우뚝 설 수 있겠지요. 자, 이제 우리 은행은 토르발 헬메르가 아닌 바로 닐스 크로그스타가 전권을 쥐게 될 겁니다!

노라 크로그스타 씨, 그런 날은 절대 오지 않을 겁니다.

크로그스타 혹시나 다른 생각을 하시기라도 한 건가요.

노라 (진지한 표정으로) 이제는 저도 용기라는 게 생긴 것 같네요.

크로그스타 그저 철없게만 자란 당신이? 지금 나를 겁주려
하나요?

노라 그래요. 두고 보세요. 곧 마주할 수 있을 거예요.

크로그스타 차가운 얼음 덩어리 안에서 굳어 있는 모습을요?
봄이 오면 머리카락은 다 빠질 테고, 몸은 끔찍하게 부
패가 돼서…….

노라 으르대지 마시지요.

크로그스타 저 역시 그러고 싶지 않습니다. 그런 건 아무나
할 수 있는 게 아니지요. 하던 이야기가 뭐였지요? 아,
어쨌든 지금 토르발의 운명은 내 손에 달려 있다는 겁
니다.

노라 그럴까요? 제가 세상을 떠나 버려도?

크로그스타 우리와 관계된 사실을 벌써 잊으셨나요? 그렇게
된다면 당신에 대한 평판은 오로지 저에 의해 달라질 겁
니다. (노라가 그를 노려본다.) 맞아요. 지금 저는 경고하는
겁니다. 감히 어리석게 굴려 하지 마세요. 저는 편지를
전하고, 이제 답변을 기다리겠습니다. 제가 이렇게 행동
하게 만든 사람이 바로 토르발이란 걸 똑똑히 기억하세
요. 그렇기 때문에 저는 더욱 그를 용서할 수 없습니다.

그럼 이만. (밖으로 나간다.)

노라 (문가에 가서 그를 엿보며) 떠났네. 아, 편지는 남기지 않았구나. 그래, 그렇겠지. (그러다가 다시 그를 바라보며) 뭐야, 생각이 바뀌었나? 왜 밖에서 기다리고 있는 거지? 설마⋯⋯.

그 순간 편지함에 편지가 떨어지는 소리가 난다. 크로그스타의 발소리가 점차 멀어진다. 노라는 소리 없이 비명을 지르다가 이내 테이블 옆에 있는 소파로 가서 주저앉는다.

노라 (조심스레 복도에 있는 문 쪽으로 걸어가며) 결국 편지함에⋯⋯. 아, 토르발! 이제 우리는 다 끝났어!

린데 부인이 왼쪽 방에서 노라의 옷을 들고 나온다.

린데 부인 노라, 다 고쳤어. 한번 입어 봐!

노라 (어지러운 듯한 목소리로) 크리스티네, 잠깐만 이리로 와 줄래?

린데 부인 (옷을 소파에 던지고) 노라, 무슨 일이라도 생긴 거야? 너무 힘들어 보여.

노라 아니야, 혹시 저 편지 보여? 아, 아니지……. 저쪽 창문 너머에 편지함이 보여?

린데 부인 응.

노라 크로그스타가 편지를 넣었어.

린데 부인 아……. 네가 돈을 빌린 사람이 그였구나!

노라 맞아. 이제 곧 토르발도 모든 내막을 알게 되겠지.

린데 부인 어쩌면 두 사람을 위해서 잘된 일인지도 몰라.

노라 단순히 돈을 빌리기만 한 게 아니야. 실은 내가 서명까지 위조했단 말이야.

린데 부인 뭐라고……?

노라 크리스티네, 너만 알고 있어. 네가 내 증인이 되어 주어야만 해.

린데 부인 증인이라고?

노라 내가 만일 정신이 나가거나 하면 말이야……. 그럴 때가 간혹 있어, 내가.

린데 부인 노라!

노라 아니면 나한테 안 좋은 일이 생길 수도 있잖아……. 예를 들면 내가 만일 이곳에서 사라지거나…….

린데 부인 미쳤어! 왜 이렇게 정신을 못 차려!

노라 만일 누군가가 이 모든 일에 대한 죗값을 치러야 한다면……. 내 말 알아듣겠어?

린데 부인 일단 알겠어. 하지만 대체 왜 그런 생각을 하는 거야.

노라 만약 그런 일이 생긴다면, 네가 증인이 되어 줘야 해. 이일은 다른 사람이 아닌 내가 혼자 저질렀다는 사실을 말해 줘야 돼. 꼭 기억해 줘.

린데 부인 알았어. 그렇게 해 볼게. 하지만 정말 이해가 안 가.

노라 어떻게 이해할 수 있겠니? 곧 더 끔찍한 일이 벌어질 거야.

린데 부인 더 끔찍한 일이라니?

노라 끔찍하고도 놀라운 일이지. 이 일은 일어나면 안 되는 거였어. 어느 세상에서도!

린데 부인 일단 내가 지금 당장 크로그스타를 만나 볼게.

노라 무슨 소리야! 그는 너를 해코지할지도 몰라.

린데 부인 한때 그는 나를 위해 무엇이든 해 주기도 했지.

노라 아, 그런 사이였어?

린데 부인 그는 지금 어느 곳에 살고 있니?

노라 내가 어떻게 알겠어? 아, 잠깐만! (주머니를 뒤져 명함을

꺼내며) 여기 주소가 적혀 있어. 하지만 편지는…… 그가
보낸 편지는 어떻게 해야 하지?

헬메르 (방에서 문을 두드리며) 노라!

노라 (비명을 지르며) 앗! 무슨 일이에요?

헬메르 왜 이렇게 놀라? 아직 안 들어갈게. 문도 잠겨 있고.
옷을 입는 중인 건가?

노라 맞아요. 옷이 아주 멋있네요.

린데 부인 (명함의 주소를 보고) 나와 멀지 않은 곳에 사네.

노라 하지만 다 끝났다고. 저 편지함에 편지가 들어 있는 이
상…….

린데 부인 우편함 열쇠는 누가 가지고 있어?

노라 남편이, 그것도 항상!

린데 부인 그렇다면 크로그스타에게 편지를 되찾아 가도록
해야지. 토르발이 열어 보기 전에.

노라 여느 때에는 이 시간 정도에 우편함을 열어 볼 텐
데…….

린데 부인 그를 그쪽으로 못 가게 해. 일단 서재로 가서 남편
과 있어 봐. 내가 되도록 빨리 돌아올게! (서둘러 길을 나
선다. 노라는 서재 쪽으로 가 방문을 반쯤 열고 안을 들여다본
다.)

노라 여보!

헬메르 그래, 이제 바깥으로 나가도 괜찮은 거야? 자, 랑크.
같이 구경이나 해 볼까. 그런데…….

노라 왜요?

헬메르 랑크는 나더러 대단한 장면을 볼 것이라고 했는데 말
이야.

랑크 (문 쪽에 서서) 아……. 나도 그렇게 생각했는데. 내가 잘
못 이해한 모양이네.

노라 물론이지요. 내일이 되기 전까지는 제 예쁜 모습을 아
무도 볼 수 없을 거예요.

헬메르 노라, 그런데 왜 이렇게 긴장돼 보여? 혹시 너무 연습
을 많이 해서 그런 건 아니야?

노라 아뇨, 아직 연습은 시작도 안 했는걸요.

헬메르 흠……. 하지만 연습을 안 하고 갈 생각은 아니겠지?

노라 당연히 해야요. 하지만 당신의 도움이 필요해요. 사
실 다 잊어버렸거든요.

헬메르 아, 그럼 처음부터 다시 익혀야 되는 건가?

노라 그래요, 토르발. 저를 도와줘요. 그렇게나 많은 사람이
모이는데…… 사실 너무 걱정이 많이 돼요. 저녁 일은
모두 미루고 저를 도와줘요. 약속해 줘요!

헬메르 (웃으며) 그래, 내가 오늘 저녁은 오롯이 당신을 위해 투자하지. 이런 대책도 없는 노라에게 말이야. 하지만 일단 한 가지만 하고……. (현관문으로 몸을 옮기려고 한다.)

노라 어떤 걸 하려고요?

헬메르 편지함에 편지가 왔는지만 잠깐 봐야지.

노라 안 돼요, 여보! 그러지 마요!

헬메르 뭐라고?

노라 토르발, 제발 저를 도와달라니까요! 편지는 하나도 없을 거예요.

헬메르 그래도 일단 확인은 해 봐야지……. (다시 걸음을 옮기려고 한다. 그러자 노라는 피아노로 가서 타란텔라의 첫 마디를 연주한다. 그러자 헬메르는 걸음을 멈춘다.)

노라 여보, 지금 당장 당신과 함께 연습해야만 돼요!

헬메르 (노라에게로 다가가며) 아이고, 노라! 그렇게 걱정이 심한 거야?

노라 당연하지요. 한시도 지체할 틈이 없어요. 저녁 식사 전까지 여유가 있으니 저를 좀 도와주세요. 토르발, 저를 위해 피아노를 연주해 줄래요? 또 제가 어떻게 춤을 춰야 하는지 옆에서 가르쳐 줘요. 언제나 제게 그랬던 것처럼요.

헬메르 알겠어. 그렇다면 내가 도와줘야지. (피아노로 가서 앉는다.)

노라는 황급히 상자에서 탬버린을 꺼내고, 형형색색의 숄을 꺼내 몸을 휘감는다. 헬메르는 연주를 시작하고, 노라는 거칠게 춤추기 시작한다. 랑크는 이러한 광경을 헬메르 뒤에서 지켜본다.

헬메르 (연주하며) 노라, 좀 부드럽게 몸을 움직여요!

노라 어떻게 해야 하는 거지요?

헬메르 너무 무리하는 것처럼 보인단 말이오.

노라 (거칠게 몸을 움직이며) 이렇게 하는 거, 맞지요?

헬메르 (연주를 멈춘다.) 하, 답이 없는데.

노라 (탬버린을 흔들며 웃는다.) 거 봐요. 제가 도움이 필요하다 그랬잖아요.

랑크 그렇다면 내가 연주해 볼까.

헬메르 좋은 생각이야. 고마워. 아무래도 내가 직접 노라를 도와줘야겠어.

랑크는 연주를 시작하고, 노라는 점점 더 괴이하게 춤춘
다. 헬메르는 노라에게 춤을 고치도록 이러저러한 말을
한다. 하지만 노라는 그 말을 듣지 못한 척한다. 노라는
머리가 흐트러지는 것도 모른 채 춤을 이어 간다. 그 순
간, 린데 부인이 들어온다.

린데 부인 (문 앞에서 넋을 잃은 채 노라를 바라보며) 하…….

노라 (여전히 과격하게 춤추며) 크리스티네, 나 어때? 예쁘지?

헬메르 노라, 무슨 목숨을 건 것마냥 춤추는 것 같구려.

노라 당연히 그렇게 해야지요!

헬메르 아, 랑크. 연주를 멈춰 줘. 노라, 정말 이상한 춤사위
야. 잠깐 멈춰 봐. (랑크가 연주를 멈추고, 노라도 춤을 중단한
다. 그녀에게 가까이 가며) 눈으로 보니까 더 명확해졌어.
당신은 예전에 내가 가르쳐 준 걸 정말 조금도 기억하지
못하는구려.

노라 (탬버린을 바닥에 던지며) 자, 이제 아셨지요!

헬메르 확실히 다시 가르쳐 줘야겠어.

노라 제가 얼마나 당신의 도움을 필요로 하는지 아셨지요.
그러니 꼭 가르쳐 주세요! 약속해요!

헬메르 알았어. 책임지고 도와주도록 하지.

노라 오늘은 물론이고, 내일도! 다른 생각일랑은 꿈도 꾸지 마세요. 어떤 편지도 뜯어보지 마시고요.

헬메르 아……. 당신은 아직도 그놈을 두려워하고 있는 건가.

노라 네, 사실 그렇기도 하지요.

헬메르 노라, 나는 당신의 얼굴만 봐도 다 알 수 있지. 그놈한 테 편지가 와 있다는 것을 말이야.

노라 그런가요……. 흥, 잘 모르겠네요! 하지만 지금은 그런 편지 같은 것은 조금도 읽을 시간이 없어요. 이 일이 끝 날 때까지는 우리 사이에 끔찍한 일이 벌어지면 안 된다 는 거예요!

랑크 (헬메르에게 속삭이며) 우선 그녀를 흥분시키는 짓은 안 하는 게 좋겠네.

헬메르 (그녀를 부둥켜안으며) 그래, 당신 뜻대로 해요. 하지만 내일 밤 무도회가 끝난 뒤에는…….

노라 알았어요! 그때는 당신 마음대로 하세요.

헬레네 (문 입구에서) 마님, 저녁 준비가 다 되었습니다.

노라 아, 헬레네! 샴페인도 준비해 줄래? (헬레네는 그렇게 하 겠다고 말하고는 자리를 떠난다.)

헬메르 오늘 저녁은 완전 포식하겠네!

노라 그래요. 오늘은 우리 밤새 샴페인을 마셔요! (고개를 돌리며) 헬레네! 마카롱도 준비해 줘. 최대한 많이! 물론 이번 한 번만이야!

헬메르 (노라의 팔을 잡고) 아, 잠깐만……. 너무 지나치게 그러지 말고. 소란을 피울 정도로 그러면 안 되지. 우리 아가씨는 다시 종달새로 돌아오세요. 알았지요?

노라 알겠어요. 저도 그렇게 하고 싶네요. 자, 이제 저녁을 먹으러 갈까요? 랑크 박사님이랑 크리스티네도 같이 가시지요. 참, 크리스티네! 내 머리 손질 좀 도와줄래? (모두 식탁 쪽으로 걸음을 옮기려고 한다.)

랑크 (헬메르에게 낮은 목소리로) 흠, 설마 그녀에게 어떤 일이 있는 건 아니겠지? 아무 일도 없어야 될 텐데 말이야.

헬메르 그럴 리가 있겠어. 내가 아까 이야기했던 그 말도 안 되는 걱정만 있을 뿐이지. (랑크와 함께 오른쪽으로 걷는다.)

노라 (린데 부인을 멈춰 세우며) 어떻게 됐어?

린데 부인 시골로 내려간 모양이야.

노라 그래, 어쩐지 네 얼굴을 보니 그런 것 같더라.

린데 부인 그래도 내일 저녁에는 돌아오는 모양이야. 그래서 편지를 한 통 적고 왔어.

노라 그렇게까지 안 해도 됐는데……. 하지만 이 모든 일이
　　 지나고 나면 우리에겐 다시 기쁜 일들만이 찾아올 거야.
　　 더 좋은 일이 생기길 바라야지.

린데 부인 어떤 좋은 일?

노라 글쎄? 일단 같이 밥을 먹어야지. 난 여기서 조금만 있다
　　 가 갈게.

　　 린데 부인은 식당으로 향하고, 노라는 잠시 숨을 고르며
　　 서 있다.

노라 (시계를 보며) 오후 5시. 자정까지 7시간이 남았고, 내일
　　 밤 늦게야 무도회가 끝나니 대략 31시간 정도가 남았네.

헬메르 (식당 쪽에서) 사랑하는 종달새, 무슨 일이라도 생겼나
　　 요?

노라 (그에게 팔을 벌린 채 다가가며) 아, 당신의 귀여운 종달새!
　　 지금 갈게요!

A Doll's House
Et Dukkehjem

같은 방. 소파와 테이블, 주변 의자들이 방 한쪽 구석으로 치워져 있다. 등불은 탁자 위에서 타오르고, 복도로 향하는 문은 열려 있다. 위층에서는 춤곡이 들려온다.

린데 부인은 책상에서 책을 읽는 둥 마는 둥 하고 있다. 조금이라도 읽으려고 해 보지만 집중이 되지 않는 듯 보인다. 때때로 긴장된 얼굴로 문밖에서 나는 소리에 귀를 기울이기도 한다.

린데 부인 (손목시계를 보며) 아직도 오지 않다니. 이제 남은 시간이 얼마 없는데, 설마 오지 않는 건 아니겠지…….
(다시 바깥 소리에 귀를 기울이다가 누군가 걸어오는 소리를 들

는다.) 아, 왔구나. (조심스레 바깥쪽 문을 열자 계단을 올라오
는 발소리가 들린다. 이내 그에게 낮게 말하며) 어서 오세요.
이곳에는 아무도 없네요.

크로그스타 (문 앞에 서서) 저한테 주신 편지는 잘 읽어 보았습
니다.

린데 부인 네, 당신에게 꼭 해야 할 이야기가 있었지요.

크로그스타 그런데 꼭 이곳에서 해야만 했나요?

린데 부인 제가 사는 곳은 안 돼요. 일단 이곳에는 아무도 없
지요. 하녀들은 잠이 들었고, 헬메르 부부는 위층에서
춤추고 있을 거예요.

크로그스타 (방 안으로 들어오며) 하, 두 사람이 춤추고 있다
고요?

린데 부인 춤추면 안 되는 이유라도 있나요?

크로그스타 아, 안 될 것은 없지요.

린데 부인 아무튼 우리 이야기 좀 나눠요.

크로그스타 우리 사이에 아직도 이야기해야 할 거리가 남았
었나요?

린데 부인 많이 남아 있지요.

크로그스타 저는 그렇게 생각하지 않습니다만.

린데 부인 당신이 저에 대해서 제대로 이해하려 해 본 적이

없기 때문에 그런 것이겠지요.

크로그스타 이해라고요? 냉정한 여인이 나를 버리고, 돈이 많은 사람에게로 떠나 버린 일. 이 일을 제가 군이 이해라도 해야 한단 말인가요?

린데 부인 냉정하다니! 저라고 당신과 헤어지는 게 쉬웠을 것만 같아요? 정녕 저를 그렇게 생각하시는 거예요?

크로그스타 그렇다면 그게 아니라는 겁니까?

린데 부인 닐스, 저를 정말 그렇게 생각하고 있는 건가요?

크로그스타 그게 아니라면, 무슨 이유로 그때 그런 편지를 쓴 겁니까?

린데 부인 다른 방법이 없었다고요. 당신과 헤어져야 한다면, 당신이 제게 갖고 있는 감정을 모두 지워야 하는 게 저의 도리였지요.

크로그스타 (주먹을 불끈 쥐며) 결국 모두 돈 때문이었군요!

린데 부인 닐스, 잊지 마요. 당시 저는 병을 앓던 어머니와 어린 두 명의 남동생이 있었다는 사실을요. 당신만 바라볼 수 있는 상황이 아니었다고요. 게다가 그때 당신은 앞날도 불투명한 사람이었잖아요.

크로그스타 그렇다고 하더라도, 그것이 다른 사람 때문에 나를 버릴 이유는 안 되지요.

린데 부인 저도 이렇게까지 해야 하는지 제 자신에게 여러 번 되물었지만……. 결국…….

크로그스타 (누그러진 목소리로) 부인, 내가 당신과 헤어져야만 했을 때 나는 정말 온 세상이 무너지는 것 같았습니다. 지금 내 꼴을 봐요. 이제 나는 그저 난파선에 매달려 있는 사람입니다.

린데 부인 당신을 구조할 배가 가까이 왔는지도 모르지요.

크로그스타 그 도움이 너무나 가까이 왔었지요. 하지만 당신이 모두 망가뜨렸어요.

린데 부인 닐스, 제가 당신의 자리에 들어가리라고는 전혀 상상할 수 없었어요. 오늘이 돼서야 알게 되었다고요.

크로그스타 일단 믿어 보겠습니다. 하지만 이제 모든 사실을 안 이상 자리에서 물러날 생각은 없는 건가요?

린데 부인 아니요. 제가 그런다고 해서 당신에게 도움이 될 것 같지는 않은데요.

크로그스타 도움이 되지 않는다니……. 그래도 저는 제 자리를 되찾을 겁니다.

린데 부인 저는 현명하게 대처하는 법을 배웠어요. 극심한 고통과 고난이 저로 하여금 그렇게 할 수 있도록 도와줬지요.

크로그스타 나는 인생을 통해 남의 말을 함부로 믿지 말라는 걸 배웠습니다.

린데 부인 아주 좋은 걸 배우셨네요. 하지만 제가 분명히 행동으로 보여 준다면, 당신도 틀림없이 믿으시겠지요?

크로그스타 행동? 무슨 행동 말이요?

린데 부인 당신은 지금 난파선에서 구조를 기다리는 사람 같다고 했지요.

크로그스타 왜 그런지는 당신도 잘 알겠지요.

린데 부인 저 또한 당신의 입장과 같아요. 저를 돌봐줄 사람도 없는 처지에 놓였어요.

크로그스타 그것은 당신이 선택한 길이잖소.

린데 부인 그때는 다른 방법을 생각할 수 없었어요.

크로그스타 어쨌든, 그래서요?

린데 부인 만약…… 위기에 몰린 사람들끼리 힘을 합친다면 어떨까요?

크로그스타 대체 무슨 말을 하려는 거요?

린데 부인 기왕이면 한 사람보다 두 사람이 구조를 기다리는 게 낫지 않느냐는 이야기예요.

크로그스타 크리스티네!

린데 부인 제가 어떤 이유로 이곳을 찾아왔다고 생각했어요?

크로그스타 설마 나를 위해서 왔다는 말이오?

린데 부인 저는 이 세상에 살아남기 위해서 누구보다도 일이 필요했어요. 다시 생각해 보아도 제 인생에서 제일 즐거웠다고 말할 수 있던 때는, 제가 일하고 있던 때였어요. 하지만 이제 세상에 버려지고, 혼자 남게 되니…… 너무나 외롭고 괴로워요. 더구나 제 자신만을 위해 일해야 한다면 그건 더더욱……. 그러니 닐스, 제가 당신을 위해 일할 수 있도록 해 주세요.

크로그스타 섣불리 이야기하지 마요! 지금 그렇게 흥분해서 이야기하는 건 어리석은 짓이에요.

린데 부인 제가 지금 섣불리 이야기하는 것처럼 보여요?

크로그스타 진심인 겁니까? 당신은 내가 그동안…… 어떻게 살아왔는지 잘 알지 않소?

린데 부인 맞아요.

크로그스타 이곳 사람들이 나에 대해 가지는 평판도 모두 압니까?

린데 부인 하지만 당신이 그렇게 된 이유가…… 그때 저와 헤어졌기 때문이라고, 조금 전 그렇게 이야기했잖아요.

크로그스타 그렇지요.

린데 부인 그래서…… 때가 너무 늦은 건가요?

크로그스타 당신…… 정말 진심으로 이야기하는 거 맞아요? 그래, 당신을 보니 잘 알겠어요. 그런데 정말 그렇게 할 자신은 있는 겁니까?

린데 부인 저는 누군가의 엄마가 되고 싶어요. 또한 당신의 아이들도 자신을 돌봐줄 엄마가 필요하겠지요. 알겠어요? 우리는 서로가 필요하다고요! 닐스, 전 당신을 알아요. 그러니 당신을 믿어요. 당신과 함께라면 우리는 어떤 고난도 이겨 낼 수 있을 거예요.

크로그스타 (린데 부인의 손을 꽉 쥐고) 크리스티네, 정말 고마워요. 이제 나는 사람들 앞에서 내 명예를 회복할 수 있을 거예요. 아, 내가 아직 말하지 못한 게…….

린데 부인 (밖에서 나는 소리에 귀를 기울이다가) 아! 이제 가세요! 얼른 가셔야만 해요!

크로그스타 무슨 일이에요?

린데 부인 밖에서 춤추던 소리 들었지요? 곧 무도회가 끝나면 다들 이곳으로 내려올 거예요.

크로그스타 알겠습니다. 일단 가도록 하지요. 하, 그렇다면 나는 그동안 정말 쓸데없는 일만 했군요. 물론 당신은 내가 저지른 일을 모르고 있겠지만…….

린데 부인 아니요, 그 사실도 알고 있어요.

크로그스타 알았다고요? 그러면서도…….

린데 부인 저는 좌절이 당신 같은 사람들을 어떻게 이끄는지 잘 알고 있으니까요.

크로그스타 가능하다면 내가 되돌려야 할 일이 있어요!

린데 부인 잘 알고 있군요. 당신 편지는 아직 우편함에 그대로 있어요.

크로그스타 사실입니까?

린데 부인 그래요. 하지만…….

크로그스타 (그녀를 뚫어지게 바라보다가 의심스러운 눈빛으로) 그렇군요. 그저 당신은 지금 친구를 구해 내고 싶어서 나를…… 솔직히 이야기해 봐요. 그렇지요?

린데 부인 닐스, 한번 자신을 희생한 사람이 또다시 그런 일을 벌일 거라고 생각해요?

크로그스타 아, 그렇군요. 내 당장 편지를 돌려 달라고 말하지요.

린데 부인 아니에요! 그렇게 하면 안 돼요!

크로그스타 아닙니다. 내가 토르발이 이곳으로 오기를 기다렸다가 직접 편지를 돌려 달라고 말해야겠지요. 내 해고에 대한 이야기를 이제 읽을 필요가 없게 되었다고…….

린데 부인 닐스, 편지를 돌려 달라고 하지 마요.

크로그스타 하지만 당신이 나를 부른 까닭이 그 때문이 아니었던가요?

린데 부인 맞아요. 사실 그랬지요. 처음에는 워낙 경황이 없어서 그렇게 생각하기도 했어요. 하지만 저는 그 이후 하루 동안 이 집에 도저히 믿을 수 없는 일이 일어나고 있다는 것을 똑똑히 알게 됐어요. 이제 토르발은 모든 내막을 다 알아야만 해요. 이토록 어두운 비밀은 밝은 햇살 속에서 모두 드러나야만 하지요. 그렇게 해야만 두 부부 사이도 원만해질 거예요. 서로 가면을 쓰고 거짓을 늘어놓는 것이 계속된다면, 두 사람의 사이 또한 점점 멀어질 거예요.

크로그스타 아, 당신은 참 현명하군요. 그런 모험을 할 생각을 하다니……. 하지만 나도 하나 꼭 해야 할 일이 있습니다. 어서 실행에 옮겨야 할 일이…….

린데 부인 (바깥에서 나는 소리를 듣다가) 앗, 어서 가세요! 빨리요! 춤이 다 끝났어요! 이제 우리는 더 이상 이곳에 있으면 안 돼요.

크로그스타 알겠습니다. 그럼 아래쪽에서 당신을 기다리고 있겠어요.

린데 부인 고마워요. 저를 집까지 데려다 줘요.

크로그스타 아, 크리스티네! 나에게 잃어버렸던 행복이 다시 찾아온 기분이에요! 여태껏 이렇게 행복해 본 적은 없었어요. (문을 활짝 연 채 문밖으로 나간다.)

린데 부인 (방 안을 정리하고 외출복을 입으며) 아, 상황이 이렇게 바뀔 수도 있구나! 내가 돌보아 줄 사람이 있다는 것, 그래서 삶의 보람을 느낄 수 있다는 것. 나도 다시 가정이 생길 테니 그들을 편안하게 도와줘야겠지. (다시 바깥 소리에 귀를 기울이다가) 아, 사람들이 내려오는군. 나도 어서 나갈 채비를 해야겠다.

린데 부인이 나갈 준비를 하자, 헬메르와 노라의 목소리가 바깥에서 들려온다. 이내 문이 열리고, 헬메르는 노라를 방으로 거의 떠밀듯이 하며 안으로 끌고 간다. 노라는 나폴리풍 의상을 입고, 크고 검은 숄을 걸쳤다. 헬메르는 연회복을 입고, 큰 모자가 달린 겉옷을 걸쳤다.

노라 (아직 복도에서 헬메르와 아웅다웅하며) 아, 아직 안 돼요! 토르발! 아직 안 끝났어요! 다시 올라가요! 너무 일찍 끝내지 말아요! 우리!

헬메르 하지만 여보!

노라 부탁이에요, 제발! 조금만 더 놀아요! 한 시간이라도 더!

헬메르 더 이상은 안 돼. 어제 우리 약속했잖아. 이제 들어가요. 여기 더 있으면 감기 들어요. 알았지요? (그녀를 어르고 달래듯이 거실로 들여보낸다.)

린데 부인 아, 안녕하세요…….

노라 크리스티네?

헬메르 아, 부인. 늦은 시간에 이곳엔 무슨 일로…….

린데 부인 노라의 옷을 꼭 보고 싶어서 이렇게 늦게 찾아왔네요.

노라 그래서 지금껏 이곳에서 날 기다린 거야?

린데 부인 그래, 내가 좀 늦었지? 너는 벌써 위층으로 올라갔더라고. 그래서 늦게나마 너를 보고 가려 했지.

헬메르 (노라의 숄을 벗겨 주며) 그랬군요. 우리 노라 좀 보세요! 너무 예쁘지 않나요?

린데 부인 맞아요. 저도 딱 그 생각이에요.

헬메르 아주 사랑스럽지요! 노라를 본 모든 사람도 아마 똑같이 여겼을 거예요. 그런데 이 아가씨는 참 고집이 심해요! 그렇지요? 그래서 어쩔 수 없이 이곳까지 억지로 끌고 왔지요.

노라 아, 어떻게 30분도 더 머무르지 못하게 할 수 있어요!

헬메르 고집 보셨지요? 우리는 우레와 같은 박수를 받으면서 타란텔라를 췄어요. 좀 과하다 싶은 면도 있었지만, 그래도 충분히 아름다웠어요. 하긴 그게 무슨 상관이겠어요. 중요한 건 우리의 공연이 꽤 성공적이었답니다. 엄청났지요! 그러니 우리가 그 자리에 그냥 있어야 되겠습니까? 그럴 수는 없는 일이지요. 그래서 우리는 노라와 함께 이 사람 저 사람을 만나며 정중히 인사를 나눴습니다. 그러고는 소설의 한 구절에서처럼 고상하게 그곳을 빠져나왔지요. 아시겠지만, 자리를 떠날 시기는 더없이 신중해야 합니다. 하지만 이를 내가 알아듣게 이야기해도 노라는 전혀 이해하지를 못하는군요. 아, 그러고 보니 이곳은 정말 덥네요. (의자 위에 겉옷을 벗어 놓고, 서재 방문을 연다.) 왜 이리 캄캄하지? 참, 초를 켜야겠지요. 잠시 실례합니다.

노라 (재빠르게 다가가 속삭이며) 크리스티네, 어떻게 됐어?

린데 부인 (낮은 목소리로) 그를 만났지.

노라 그래서?

린데 부인 노라, 잘 들어. 넌 토르발에게 모든 사실을 말해야만 해.

노라 (힘이 빠진 목소리로) 그럴 줄 알았어.

린데 부인 이제 크로그스타를 두려워할 이유는 없어. 하지만 토르발에게 말해야겠지.

노라 안 돼. 절대!

린데 부인 그렇다면 편지가 그 일을 하겠지.

노라 알겠어. 이제는 내가 어떤 일을 해야 하는지 알 것 같아. (토르발의 발소리가 들린다.) 자, 쉿!

헬메르 부인, 노라와는 이야기를 나누셨나요.

린데 부인 그렇습니다. 그러니 이제 저도 제 집으로 가야겠군요.

헬메르 네? 벌써요? 그런데 저쪽에 있는 뜨개질거리는 부인 것인가요?

린데 부인 (뜨개질거리를 들며) 아, 제 거예요. 고맙습니다. 하마터면 잊을 뻔했네요.

헬메르 부인도 뜨개질하시는 모양이군요.

린데 부인 네.

헬메르 수를 놓을 생각은 안 해 보셨나요?

린데 부인 네? 왜지요?

헬메르 수를 놓는 모습이 훨씬 더 아름답기 때문이지요. 잘 생각해 보세요. 왼손에는 수를 놓기 위한 물건을 들고, 오른손으로 가볍게 곡선을 그리며 수를 놓는…….

린데 부인 그럴 수도 있겠군요.

헬메르 뜨개질은…… 조금 거칠고 추한 면이 있지요. 바늘을 왔다 갔다 하느라 정신없는 모습을 보면……. 참, 우리가 오늘 마셨던 샴페인은 정말 훌륭했어요…….

린데 부인 자, 더 늦기 전에 어서 인사를 드려야겠네요. 노라도 너무 쓸데없이 고집 부리지 말고, 알겠지?

헬메르 딱 맞는 말씀입니다.

린데 부인 그만 가 보겠습니다. 다들 안녕히 주무세요.

헬메르 (그녀를 배웅하며) 부인도 좋은 밤 되시고요. 조심히 가세요. 모셔다 드렸다면 더욱 좋았겠지만……. 다행히 계신 곳이 여기서 그렇게 멀지는 않다고 들었어요. 맞지요? 안녕히 가세요. (린데 부인이 떠나고, 그는 문을 닫고 안으로 들어오며) 참! 저 사람은 너무 지루하기 짝이 없다니까. 하마터면 오늘 밤새 저러는 줄 알았네.

노라 여보, 당신 많이 피곤해 보여요. 졸린 거 아닌가요?

헬메르 그럴 리가! 나는 오히려 지금 팔팔하다고! 당신은…… 아, 역시 엄청 피곤해 보이네. 거의 바로 쓰러질 것 같은데?

노라 맞아요. 지금은 좀 많이 피곤하네요. 당장이라도 누우면 잠이 들 것만 같아요.

헬메르 거 봐! 내 말이 맞지? 당신이 조금이라도 더 있다가는 어떻게 됐을지!

노라 토르발, 당신은 항상 옳아요. 어떤 생각을 하든 어떤 일을 하든.

헬메르 (노라의 이마에 입을 맞추며) 드디어 우리 종달새가 돌아온 것 같네. 그건 그렇고, 당신 오늘 랑크의 모습을 보았소? 나는 그가 그렇게 쾌활한 사람인지 처음 알았소.

노라 그 사람이요? 저는 오늘 랑크와 이야기할 기회가 없었네요.

헬메르 그거야 나도 그랬지. 하지만 나는 오늘처럼 랑크가 쾌활해진 모습을 그간 본 적이 없었소. (잠시 노라를 은밀히 바라보다가 다가가며) 아, 지금 이렇게 당신과 있으니 너무 기분이 좋아.

노라 그런 눈으로 바라보지 말아 줘요, 토르발.

헬메르 내가 이토록 소중한 보물을 보면 안 된다는 말이오? 오직 나만이 가지고 있고, 나와 다름없는 것을?

노라 (테이블의 반대편으로 가며) 제발, 오늘만은 그렇게 이야기하지 말아 줘요.

헬메르 (그녀를 뒤따라가며) 당신은 아직 타란텔라의 여흥이 남아 있나 보군. 물론 그것이 당신을 더욱더 매혹적으로 보이게 하지. (낮은 목소리로) 조금 있으면 무도회가 끝나고, 우리 둘만 있게 되겠구려.

노라 네, 그렇게 되겠지요.

헬메르 암, 그래야지. 당신 혹시 우리가 같이 무도회에 있으면서, 내가 왜 당신과 적당한 거리를 두고 몰래 곁눈질만 하는지 알아? 들어 봐. 나는 당신을 나의 숨겨 둔 애인이라고 상상하는 거야. 비밀스런 약혼자랄까. 그래서 아무도 우리 두 사람의 관계를 눈치채지 못하도록 하는 거지.

노라 네, 알아요. 알고 있다고요. 당신은 언제나 저를 그렇게 바라보았지요.

헬메르 이윽고 우리가 떠날 시간이 되면, 나는 당신의 부드러운 어깨, 이토록 아름답게 곡선을 그리는 이 어깨에 숄을 걸쳐 주지. 막 결혼식을 마친 신랑이 신부에게 해주는 것처럼 말이야. 그리고 나는 당신을 마치 이곳에 처음 온 사람마냥 안내하지. 결국 이제 우리 둘만 남게 된 거야! 그러니 우리 둘만 있게 된 것도 오늘이 처음이고! 당신은 떨고 있겠지! 그래, 당신이 관능적인 그 춤을

출 때, 내 피는 너무나 끓어올라 주체할 수 없었어. 그래
서 당신을 급하게 이곳으로 데리고 온 거야!

노라 알겠어요. 하지만 오늘은 날 내버려 두면 안 될까요? 너
무 듣기 싫은 말이에요.

헬메르 뭐라고? 지금 날 놀리려는 거야, 노라? 너도 나를 원
하잖아! 너의 남편인 나를!

이때 바깥에서 누군가 문을 두드리는 소리가 들린다.

노라 (깜짝 놀라며) 우리 이야기를 들은 건 아니겠지요?

헬메르 (현관을 향해) 누구시오?

랑크 나네. 잠깐 들어가도 되나?

헬메르 (작은 목소리로) 하, 이 시간에 대체 여기엔 또 왜 오는
거야. (이내 어조를 바꾸며 큰 소리로) 그래! 잠깐만! (문을
열고) 아, 랑크! 또 우리를 찾아와 주었구나!

랑크 밖에서 당신 목소리가 들리는 듯해서 인사나 하려고 왔
지. (주위를 찬찬히 둘러보며) 아, 네 소중한 집은 정말 아
늑하구나.

헬메르 오늘 꽤나 쾌활해 보이더군.

랑크 그랬지. 내가 그렇게 못 할 이유도 없지 않나. 이 세상에

있는 모든 걸 다 즐겨야 되겠지! 즐길 수 있는 날이 남아

있다면 말이지…… . 포도주는 너무 맛있었어.

헬메르 특히 샴페인이 대단했지.

랑크 자네도 느꼈지! 오늘따라 술이 목으로 정말 잘 넘어가

더군.

노라 오늘 토르발도 샴페인을 많이 마셨어요.

랑크 그랬군요!

노라 네, 그는 술을 마시면 이따금 기분이 좋아지시곤 하

지요.

랑크 그렇군요. 뜻깊은 하루를 보내고 만끽하는 즐거운 저녁

만큼 더없이 좋은 건 없지요.

헬메르 뜻깊은 하루…… . 나는 오늘은 그렇게 보낸 것 같지

는 않은데.

랑크 (헬메르의 어깨를 탁 치며) 하지만! 나는 오늘 뜻깊은 하루

를 보냈다고 자부할 수 있겠소!

노라 박사님, 오늘 과학 연구를 하셨군요.

헬메르 아니, 우리 노라가 과학 연구라는 말도 할 줄 알았나?

노라 그렇다면 그 연구 결과에 대해서 축하를 드려도 되는

건가요?

랑크 물론이지요.

노라 결과가 좋은 모양이군요!

랑크 그렇습니다. 의사와 환자가 바라는 결과……. 다시 말해 최종 결정이 나온 것이지요.

노라 (눈빛이 달라지며) 최종 결정……이라고요?

랑크 그렇습니다. 그러니 오늘 정도는 즐겁게 지내도 충분하겠지요.

노라 아……. 물론 그래야겠지요.

헬메르 물론이지. 다만 내일 아침에 머리가 너무 지끈거린다는 소리만 하지 말게.

랑크 흠, 어찌 세상에서 거저 얻을 수 있는 게 있었던가? 그 정도는 감수해야지.

노라 (화제를 돌리며) 박사님, 오늘 무도회는 재미있으셨나요?

랑크 물론입니다. 너무나 흥미로운 분장이 많았어요.

노라 그렇다면 다음 가장무도회에서 우리 둘이 어떤 분장을 하면 좋겠어요?

헬메르 쯧쯧. 벌써 다음 일을 생각하는 거야?

랑크 당신과 저 말씀인가요? 아……. 아니군요. 음, 당신은 순백의 천사가 되면 좋겠네요.

헬메르 아니, 그런 거 말고……. 어떤 의상을 입으면 좋겠냐는 말이야.

랑크 부인은 평상복을 입고 가도 되지 않을까?

헬메르 오호, 꽤 흥미로운 발상이네. 자네는 어떤 옷을 입을 건가?

랑크 나도…… 결정을 내렸지. 나는 다음 무도회 때 눈에 보이지 않는 사람이 될 걸세.

헬메르 음, 참으로 기발한 생각을 했네.

랑크 커다란 검정 모자를 쓰면 사람들 눈에 띄지 않게 된다는 이야기는 알고 있겠지? 그걸 머리에 쓴다면 아무도 나를 볼 수 없게 되겠지.

헬메르 (터져 나오는 웃음을 참으며) 그렇다면 정말 자네를 아무도 보지 못할 수도 있겠구먼.

랑크 아, 내가 이곳에 왜 왔는지 깜빡하고 있었네. 헬메르, 내게 아주 진한 엽궐련(담뱃잎을 썰지 않고 통째로 말아서 만든 담배)을 하나 주겠나.

헬메르 원하신다면야. (엽궐련을 준다.)

랑크 고맙네. (한 개비를 꺼낸다.)

노라 (성냥을 그으며) 제가 불을 붙여 드릴게요.

랑크 고맙습니다. (노라가 랑크에게 담뱃불을 붙여 준다.) 그럼, 다들 몸 건강히 잘 지내십시오.

헬메르 알았네. 잘 가게, 친구.

노라 안녕히 주무세요.

랑크 고맙습니다.

노라 제게도 인사를 건네 주세요. 네?

랑크 아, 원하신다면 해 드려야지요. 안녕히 주무세요. 불을 붙여 줘서 고마웠어요. (고개를 숙이고는 밖으로 나간다.)

헬메르 (속삭이는 목소리로) 엄청 술을 마셨나 보네.

노라 (두려운 목소리로) 그…… 그럴지도 모르겠군요.

이때 헬메르가 주머니에서 열쇠 꾸러미를 꺼내 현관으로 간다.

노라 토르발, 지금 뭐 하려는 거예요?

헬메르 우편함을 비워야지. 분명 가득 찼을 거야. 내일 조간 신문이 들어올 자리도 없을 거라고.

노라 아…… 오늘 밤에 일하려고 그러시는 거예요?

헬메르 아니, 내가 오늘 밤에 어떤 일을 할지는 당신이 더 잘 알지 않나? (우편함을 바라보다가) 아, 아니. 이게 무슨 일이야? 누가 우편함 자물쇠를 건드렸어!

노라 네? 자물쇠를요?

헬메르 그래, 설마 하녀가 그랬을 리는 없고……. 잠깐, 여기
머리핀이 부러져 있는데? 이거 당신 거잖아.

노라 아이들이 그런 모양이군요.

헬메르 참, 애네들한테 내가 한소리 해야겠네. (우편함을 이리
저리 만지다가) 아, 이제 열렸어. (우편함에서 꺼낸 것들을 들
고 부엌으로 걸어간다.) 헬레네! 가서 등불 좀 가져 와! (방
으로 들어가 들고 온 것들을 내려놓는다.) 이것 봐, 하루라도
안 보면 얼마나 우편함이 가득 차는지 이제 알겠지? (가
져온 것들을 분류한다.) 어? 그런데 이건 뭐야?

노라 아, 안 돼요! 읽으면 안 돼요! 여보!

헬메르 아니, 웬 랑크의 명함 두 장이 여기 있는 거야?

노라 아…….

헬메르 여기 랑크 박사라고 쓰여 있잖아. 방금 나가면서 넣
어 두기라도 한 건가?

노라 혹시…… 명함에 어떤 표식이 있는 건 아니겠지요?

헬메르 이름 위에 검은 십자가가 있군. 왜 뜬금없이……. 마
치 자신이 죽는다는 걸 사람들에게 알리려는 듯해.

노라 (힘이 빠진 목소리로) 맞아요. 그렇게 하려는 거예요.

헬메르 뭐라고? 랑크가 그런 이야기를 한 적이 있었어?

노라 네, 제게 그런 말을 했었지요. 만일 이 명함을 받게 된다

면, 그가 보내는 작별 인사로 알라고 했어요. 그는 이제 곧 아무도 없는 곳에서 혼자 죽고 말 거예요.

헬메르 하, 정말 안됐어. 물론 오래 살 것이라 생각한 건 아니지만…… 이렇게나 빨리 떠날 줄은 몰랐네. 이제 자기 몸을 숨기려고 하는구나.

노라 어차피 피할 수 없는 현실이라면, 그의 뜻대로 해 주는 편이 낫겠지요.

헬메르 (방 안을 정신없이 왔다 갔다 하며) 랑크는 항상 우리와 함께 지냈어. 이제 나는 그가 없는 생활을 상상조차 할 수 없네. 그의 어두운 그림자는 우리의 밝은 행복을 한층 돋보이게 해 주었지. 어쩌면 이렇게 되는 게 그를 위해서 더 좋은 일일지도 모르겠네. (갑자기 걸음을 멈추며) 그리고 우리에게도 말이야. 이제 우리는 오롯이 둘만 있게 된 거요. (그녀를 끌어안으며) 오, 노라! 아무리 꽉 끌어안아도 충분하지 않을 나의 사랑! 만약 어떤 고통이 우리를 노리고 있다 하더라도, 나는 내 목숨까지 바쳐 당신을 구할 각오가 되어 있소.

노라 (남편에게서 몸을 뿌리치고 빠져 나오며 단호한 목소리로) 자, 차라리 이제 그 편지들을 읽으시지요! 토르발!

헬메르 아니야, 적어도 오늘 밤엔 아니야. 오늘은 나의 노라와 같이 있어야지.

노라 지금, 당신의 친구가 죽어 가고 있는데도 말인가요?

헬메르 아, 이번엔 당신 말이 맞네. 그의 죽음은 우리 사이에 힘든 생각을 떠오르게 했어. 죽음과 끝에 대한 생각 말이지. 그 생각에서 자유로워질 때까지는 잠시 거리를 두기로 하지. 그럼 오늘은 이만. 노라, 잘 자요. 나는 이제 편지들을 좀 읽어 봐야겠네. (가져온 편지들을 들고 서재로 들어간다.)

노라는 불안한 눈빛으로 주변을 두리번거리다 헬메르의 겉옷을 움켜쥔다. 그녀는 그의 옷을 부둥켜안고 거친 목소리로 정신이 나간 사람처럼 속삭인다.

노라 아, 이제 나는 두 번 다시 그를 만나지 못할 거야! 절대! 절대로! (숄로 머리를 감싸며) 아이들도 더 이상 볼 수 없겠지. 다시는……. 아, 차가운 얼음물 속에…… 바닥이 없는 그곳으로……. 아, 이제 그가 편지를 읽고 있겠지! 아, 아니야! 아직은 아니겠지. 토르발, 잘 있어요. 우리 아이들도 몸 건강히…….

노라는 황급히 현관으로 도망치려고 한다. 그 순간 헬메르가 편지를 손에 쥔 채 벌컥 문을 열고 들어온다.

헬메르 (성난 목소리로) 노라!

노라 아……

헬메르 이 편지에 쓰여 있는 내용이 다 무슨 말이야?

노라 알아요. 다 안다고요! 그러니 제가 떠나게 내버려 두세요!

헬메르 (그녀의 팔을 붙잡고) 대체 어디로 떠나려고?

노라 (그를 뿌리치고 나가려 하며) 토르발, 이제 당신은 저를 구할 수 없어요!

헬메르 편지의 내용이 다 사실이야? 세상에! 그럴 리 없어. 그럴 리 없다고!

노라 다 사실이에요. 저는 정말 다른 사람들보다도 당신을 사랑했어요.

헬메르 핑계 대지 마!

노라 (그에게 다가가며) 토르발…….

헬메르 대체 무슨 일을 저지른 거요? 한심하긴!

노라 나를 가게 해 줘요. 이제 그 일은 제가 책임저야만 해요. 당신에게 떠맡길 수는 없다고요!

헬메르 미련해 보이는 짓은 집어치워! (현관문을 걸어 잠그고) 당신은 여기 있으면서 모든 일을 다 설명해야 해. 알았어? 당신이 대체 무슨 일을 저지른 건지 알아? 대답해! 알고 있냐고!

노라 (굳은 표정으로 헬메르를 바라보며) 네, 이제 모든 걸 다 알겠어요.

헬메르 아! 이게 대체 다 뭐란 말인가! 그동안 내가 그토록 사랑했던 여자가 알고 보니 거짓말쟁이, 심지어 범죄자였다니! 당신이 이렇게나 더러운 사람이었다니! (노라는 말을 잇지 못하고 굳은 표정으로 그를 바라본다.) 이게 다 당신 아버지 피를 물려받아서 그래! 내가 미리 짐작이라도 했어야 됐는데! 그러니 도덕도, 의무감도, 양심도 없지. 난 당신의 아버지를 눈감아 준 첫값을 치르게 된 거야. 내가 당신에게 얼마나 최선을 다했는데, 이런 식으로 갚아 주다니!

노라 네, 결국 이렇게 됐네요.

헬메르 당신이 내 앞날을 엉망으로 만들었다고, 알아? 이제 난 부도덕한 짐승의 손아귀에 놓이게 됐다고! 그 짐승은 나를 마음대로 부려 먹고, 나는 감히 반항조차 못하겠지. 난 끝났어! 파멸로 이를 거라고! 이게 다 막돼먹은 여편네 때문에 생긴 일이야!

노라 아니에요. 제가 이 세상에서 사라진다면, 당신은 자유로워질 수 있어요.

헬메르 함부로 지껄이지 마! 어쩜 말버릇도 자네 아버지를 쏙 빼닮았어! 당신이 이 세상에서 사라진다고 해서 모든 일이 끝날 것 같아? 전혀! 그놈은 모든 것을 다 들추어내겠지. 오히려 내가 당신의 범죄와 연관되었을지도 모른다는 생각마저 할 거야. 이내 사람들은 모든 게 내 잘못이라고 믿게 되겠지. 이게 다 내가 당신을 품어서 생긴 일이라고! 이제 당신이 내게 무슨 일을 저질렀는지 알겠어?

노라 (침착한 목소리로) 네, 알겠어요.

헬메르 어떻게 이런 일이 일어날 수 있지? 믿을 수 없어. 하지만 하나씩 해결해야겠지. 당장 숄을 벗어! 너 같은 사람한테 무슨 숄이야! 자, 우선 그놈을 진정시켜야겠지. 무슨 수를 써서라도 그렇게 해야 해. 당신은 아무 일도 없던 사람처럼 행동하고, 아니, 차라리 이제 집에만 박혀 있어! 하지만 우리 아이들을 맡길 수는 없어. 이제 나는 당신을 믿을 수 없으니까. 아, 내가 이렇게까지 말을……. 하지만 지금은 다 끝났어! 오늘부터 우리에게 행복은 없는 거야. 밑바닥에서 유리 조각이나 판자때기나 모으며 살아야겠지.

이때 밖에서 초인종 소리가 들린다.

헬메르 아니! 이렇게 늦은 시각에, 대체 누가! 설마 그 사람이 찾아온 건가? 아, 아닐 거야! 노라! 넌 일단 숨어 있어, 알았어? 넌 지금 아픈 거야. (노라는 단호하게 움직이지 않는다. 이어 헬메르가 문을 연다.)

헬레네 나리, 부인 앞으로 편지가 왔습니다.

헬메르 그래, 그놈한테서 온 것일 테지. 이리 줘! (편지를 잡아 채고 문을 닫는다.) 당신은 읽지 마. 내가 읽어 봐야겠어.

노라 그래요, 그렇게 하세요.

헬메르 (등불이 있는 곳으로 가서) 차마 편지를 뜯지 못하겠네. 어쩌면 우리 두 사람은 이 편지를 읽음으로써 돌이킬 수 없게 될지도 몰라. 하지만 알아야겠지! (급하게 편지를 뜯어 읽는다.) 노라! 아, 다시 한번 읽어 봐야겠어. 맞아! 사실이야! 우리는 살았어! 살았다고!

노라 네? 그럼 저는요?

헬메르 당신도 마찬가지야! 우리 둘 다 살아난 거라고! 여기 봐. 크로그스타가 당신의 차용증을 돌려보냈어. 자신의 잘못을 후회하고 있데. 그의 삶에 변화가 생겼다는데……. 그래, 지금 그게 중요한가! 아, 우리는 살았어! 노라! 아, 일단 이 끔찍한 것부터 찢어 버려야겠어. (차용증을 훑어보고는) 아니야. 이건 이제 볼 필요도 없겠지! (차용증과 편지 두 통을 갈기갈기 찢어서 난로에 던져 버린다.) 자, 이제 모든 일은 끝난 거야! 지난 사흘 동안 당신도 꽤 힘들었겠군.

노라 네, 너무나 힘들고 괴로운 싸움이었어요.

헬메르 딱히 해결할 방법을 찾지도 못했을 텐데……. 아니, 이제 그만두지! 이제 우리는 이 모든 일을 마음속에서 끌어내 버려야 돼. 다 끝났어! (노라를 바라보다가) 근데, 당신 지금 상황이 어떻게 바뀐지 모르는 거요? 왜 그리 딱딱한 표정을 짓고 있지? 아, 가여운 노라. 나는 당신만 봐도 그 이유를 알 수 있지. 내가 당신을 용서하지 않아서 그러는 것이구먼. 하지만 용서할게, 노라. 이제 나는 당신의 모든 잘못을 용서했소. 약속하지! 이제야 깨달았소. 이 모든 일은 결국 당신이 나를 사랑했기 때문에 그런 것이라는 걸 말이오.

노라 맞아요. 그건 사실이지요.

헬메르 당신은 나를 너무나 사랑했지. 마땅히 아내로서 가져야 할 사랑하는 자세를 지니고 있었어. 하지만 당신이 너무나 경험이 없어서 그것을 올바르게 해낼 방법을 찾지 못했던 거야. 그래서 이런 방법을 쓸 수밖에 없었고. 하지만 당신이 이런 짓을 했다고 해서 나한테 덜 소중한 존재가 되리라고 여기지는 않겠지. 그저 당신은 내 품 안에서 기대기만 하면 될 뿐이오. 내가 앞으로 당신에게 더 많은 충고를 해 주고, 올바른 길로 안내해 주도록 하지. 당신 특유의 나약함은 더욱더 나를 흥분케 해. 이를 느끼지 못한다면 내가 사나이라고 할 수 있겠나. 내가 잠깐 정신이 없어서 조금 전에 했던 모진 말들은 다 잊어 주기를 바라오. 그때만 해도 온 세상이 무너지는 것 같아 그랬을 뿐이니까. 다시 말하지만, 나는 당신을 용서했소. 알겠소?

노라 용서해 주셔서 고맙습니다. (문을 열고 오른쪽으로 가려 한다.)

헬메르 아니, 지금은 가지 마오. (노라가 있는 쪽을 보며) 거기서 무얼 하려는 거지?

노라 무도회 의상을 벗어야겠지요.

헬메르 (문가를 왔다 갔다 하며) 그래, 일단 그렇게 해야겠지.

마음을 좀 가라앉히시오, 나의 아름다운 종달새여. 이
제 당신은 다시 내 품 안에서 편안히 쉴 수 있을 거요. 노
라, 이곳은 얼마나 아늑한 곳이오. 당신은 내가 사나운
독수리에게서 구해 낸 비둘기 같은 존재지. 아직도 심장
이 가라앉지 못한 거 같구먼. 내가 도와줘야지, 그렇고
말고. 내일 아침이 되면 모든 것이 예전과 같아질 거요.
내가 당신을 용서했다는 이야기 같은 것은 안 해도 되
겠지. 설마 내가 당신을 힐난하고 내쫓으리라 생각하는
건 아니겠지? 그렇다면 당신은 아직도 남자를 잘 모르
는 거야. 남자에게 누구를 진정으로 용서했다는 것만큼
만족을 안겨 주는 것은 없단 말이지. 그건 마치 내가 아
내를 이중으로 갖고 있는 듯한 느낌이 든단 말이야. 내
가 용서를 베풀면 아내는 아내이자 동시에 귀엽고 돌봐
주어야 할 자식처럼 여겨지는 거야. 마치 아내가 세상에
다시 태어난 듯한 느낌이 들지. 그래, 내겐 바로 당신이
그런 아이야. 하지만 이제 두려워하지 마. 단지 내게 마
음을 열기만 하면 내가 너를 도와줄 의지는 충분하니까.
어……? 그런데 왜 이 시간에 외출복으로 갈아입은 거
야?

노라 (단호한 목소리로) 오늘 밤, 전 잠에 들 수 없겠어요.

헬메르 노라……. 대체 왜 이러는 거야.

노라 (시계를 보며) 아주 늦은 시간도 아니네요. 토르발, 여기 앉아요. 당신과 이야기를 좀 나눠야겠어요. (테이블 한쪽에 앉는다.)

헬메르 왜 그러는 거야? 갑자기 왜 이렇게 차가워졌지?

노라 일단 앉아요. 제가 할 말이 좀 있어요. 시간이 많이 걸리겠지요.

헬메르 (갸웃한 표정으로 노라의 맞은편에 앉아) 설마 또 나를 겁주려 하는 건가? 참, 당신은 여전히 이해할 수 없는 사람이야.

노라 네, 그게 문제예요. 당신은 전혀 저를 이해하지 못하고 있어요. 그리고 저도 당신을 이해한 적이 없었지요. 적어도 오늘 저녁까지는 그랬지요. 잠깐만, 제 말을 끊지 말아요. 당신은 그냥 제가 하는 말을 듣기만 해요. 이제는 제가 말해야겠어요.

헬메르 대체 그게 무슨 뜻이야?

노라 지금 우리가 이렇게 앉아 있는데, 뭐 생각나는 건 없나요?

헬메르 글쎄…… 어떤 생각?

노라 우리가 결혼한 지 어느덧 8년이 됐어요. 그런데 우리 둘이 이렇게 진지하게 이야기를 나누는 게 이번이 처음이라는 생각이 안 드냐고요.

헬메르 무슨 말이야, 대체?

노라 그래요. 8년이 넘도록! 우리는 한 번도 이렇게 진지하게 이야기를 나눠 본 적이 없어요!

헬메르 당신 말을 들어서 굳이 도움될 것도 없는데, 내가 왜 그런 이야기를 해야 하지?

노라 저는 우리의 문제에 대해서만 이야기하자는 게 아니에요. 여태껏 우리는 어떤 주제의 이야기도 진지하게 나눠 본 적이 없잖아요.

헬메르 노라, 하지만 그런 건 당신과 어울리지 않잖아.

노라 바로 그거예요. 당신은 여전히 절 이해하지 못하는군요. 전 정말 너무나 터무니없는 취급을 받았다고요. 처음에는 아버지 때문에, 그다음은 바로 당신 때문에!

헬메르 뭐라고? 당신을 누구보다 사랑했던 두 사람이……?

노라 (고개를 가로저으며) 아니요, 당신은 사실 저를 진정으로 사랑한 게 아니에요. 그저 저와 사랑을 나눈다는 것에 재미를 느꼈을 뿐이지요.

헬메르 노라, 어떻게 그런 말을 할 수 있어?

노라 이게 우리 사이의 진실이에요, 토르발. 제가 아버지와 살았을 때, 그분은 언제나 자신의 입장을 관철하려 했어요. 저는 아버지의 의견을 그대로 따라야만 했지요. 만약 제가 아버지와 의견이 다르다면, 언제나 감추어야만 했어요. 그 사실을 알면 아버지가 저를 너무나 싫어했으니까요. 아버지는 저를 아담한 '인형'이라고 불렀어요. 그저 인형 놀이를 하는 것처럼 아버지는 저를 갖고 논 거였지요. 이후 저는 당신 집에 와서 살게 되었고…….

헬메르 설마 우리의 결혼 관계에 대해서도 그렇게 말하려 하는 거요?

노라 (아랑곳하지 않고) 저는 그저 아버지의 손아귀에서 당신의 손아귀로 넘어왔을 뿐이에요. 당신 또한 당신 마음대로 모든 것을 결정했어요. 저도 당신의 뜻에 따르거나, 혹은 그런 척을 했지요. 사실 어떤 게 옳은 건지는 잘 모르겠어요. 하지만 돌이켜 생각해 보니, 저는 그저 초라한 걸인일 뿐이었어요. 당신에게 맘에 드는 짓을 하고, 그 때문에 밥을 얻어먹고 있었던 것이지요. 토르발, 당신이 저를 그렇게 만든 거예요. 아버지와 당신은 제게 큰 죄를 저질렀어요. 그 때문에 저는 제대로 자랄 수 없었단 말이에요.

헬메르 노라, 대체 무슨 소리야? 어떻게 내 은혜를 모를 수 있어. 그렇다면 당신은 이곳에서 단 한 번도 행복했던 적이 없단 말이야?

노라 맞아요. 한 번도 없었지요. 아니, 행복하다고 믿고 있었지만 실은 단 한 번도 행복하지 않았던 거예요.

헬메르 정말 단 한 번도…… 행복하지 않았다는 거요?

노라 맞아요. 단지 저는 쾌활하게 굴었을 뿐이에요. 물론 당신은 그런 저에게 친절하게 대했던 것도 사실이지요. 하지만 결국 우리 가정은 인형 놀이를 하는 공간에 지나지 않았던 거예요. 여기서 저는 당신의 인형이었지요. 제가 결혼하기 전, 아버지의 인형이었던 것처럼. 제가 아이들을 대할 때, 아이들이 기뻐하던 것처럼. 당신이 저를 갖고 놀아 주면 저는 그저 기뻐하기만 했지요. 그것이 우리의 관계였던 거예요, 토르발.

헬메르 알겠소. 생각해 보니 당신의 말도 일리가 있군. 물론 굉장히 부풀려 말하기는 했지만 말이야. 그러니 이제부터는 고쳐 봅시다. 우선 내가 교육을 해야겠소.

노라 대체 누구를 가르친다는 거지요? 저인가요, 아니면 아이들인가요?

헬메르 둘 다겠지요, 노라.

노라 하, 토르발. 당신은 저를 아내로 교육할 능력이 없어요.

헬메르 대체 어떻게 그런 말을 감히 내뱉는 거요?

노라 그리고 저도, 무슨 자격으로 아이들을 가르칠 수 있겠어요? 바로 조금 전에 저한테 말씀하셨지요. 아이들의 교육을 제게 맡길 수는 없겠다고요.

헬메르 그 말이야 내가 잠깐 화가 나서 한 소리였잖소. 아까도 말했지만, 내가 조금 전 이야기했던 것은 조금도 신경 쓰지 않아도 괜찮소.

노라 하지만 이번에는 당신의 말씀이 전적으로 맞아요. 저는 아이들을 가르칠 자격이 없어요. 우선 제 스스로를 가르쳐야겠지요. 또한 당신도 저 자신을 교육시키는 데 도움을 줄 수 있는 분이 아니에요. 그것은 오롯이 저 혼자 해내야만 하는 일이니까요. 그래서 저는 이제 당신 곁을 떠나려 하는 거예요.

헬메르 (깜짝 놀라 벌떡 일어서며) 노라! 대체 지금 무슨 말을 하는 거요?

노라 나를 알고 세상을 알기 위해서, 저는 이곳을 나가야만 해요. 그렇기에 저는 더 이상 당신과 함께 있고 싶지 않은 거예요.

헬메르 노라! 노라!

노라 곧 밖으로 나가겠어요. 크리스티네가 오늘 밤엔 저를

헬메르 절대 안 돼! 내가 허락 안 해! 설대!

노라 허락하지 않는다고 말해 봐야 소용없어요. 저는 제 물건을 챙겨서 떠날게요. 이제 당신에게는 어떤 도움도 받지 않을 거예요. 절대!

헬메르 말이 되는 소리라고 생각해, 지금?

노라 우선 제가 살던 집으로 돌아갈 거예요. 그곳에서 일자리를 찾는 게 아무래도 좀 더 수월하겠지요.

헬메르 구제 불능이군. 아직 세상이 얼마나 험난한지 잘 모르나 보지?

노라 그렇다면 이제부터 알아야겠지요, 토르발.

헬메르 집도 버리고, 남편과 아이들까지 버리다니! 사람들이 당신에 대해 어떻게 이야기할지는 생각 안 해?

노라 그것도 상관없어요. 분명한 것은 저에게 지금 이 일이 너무나 중요하다는 사실이에요.

헬메르 미쳤어! 지금 당신의 가장 소중한 의무를 거스르겠다는 거야?

노라 제가 가장 소중하게 지켜야 할 의무가 뭐라고 생각하시지요?

헬메르 당연히 남편과 아이들이지. 이걸 굳이 말로 이야기해야 돼?

노라 맞아요. 하지만 그것들과 똑같이 소중한, 다른 의무가 있어요.

헬메르 그런 게 어디 있다고, 대체? 그게 뭔데 그래?

노라 제 자신에 대해 지켜야 할 의무지요.

헬메르 다른 무엇보다 당신은 아내이자 어머니라는 거 몰라?

노라 저는 이제 그런 사실은 믿지 않아요. 이제 저는 제가 당신과 다름없는 인간이라는 사실을 믿을 뿐이에요. 설령 그렇지 않더라도, 저는 그렇게 되기 위해 노력할 거예요. 물론 대다수의 사람이 당신처럼 생각하고 있는 것도 알아요. 그리고 당신의 입장을 지지하는 수많은 책이 존재하는 것도 알아요. 하지만 저는 책에서 나오는 사람들의 이야기도, 대부분의 사람이 할 이야기에도 관심이 없어요. 그런 내용을 이해하기 위해서는 우선 저 스스로를 깊이 아는 것이 선행되어야겠지요.

헬메르 노라, 당신의 가정에서 당신이 어떤 위치에 있는지부터 이해하는 게 맞지 않을까? 또 이러한 일들에 대해 확실한 길라잡이 역할을 하는 신앙도 있잖소.

노라 토르발, 이제 저는 종교도 무엇인지 잘 모르겠어요.

헬메르 하, 어떻게 그런 말을…….

노라 제게 세례명을 주셨던 한센 신부님이 하신 말씀은 알지요. 그분은 종교에 대해 이러저러한 말씀을 해 주셨어요. 이 집을 떠나면, 우선 저는 그분이 해 주신 말씀에 관해 혼자 생각해 볼 시간을 가질 거예요. 그 말씀이 옳은 것인지, 아니 적어도 지금의 제 처지에 맞는 것인지 생각해 봐야겠지요.

헬메르 감히 젊은 여자 입에서 이런 말이 나오다니! 그렇다면 당신의 양심에 기대어 물어보지. 당신은 최소한의 양심도 없는 사람인 건가? 대답해 봐. 그것조차 없다고는 말하지 못하겠지!

노라 그래요, 이건 대답하기 쉽지 않네요. 하지만 저는 지금 너무나 큰 혼란 속에 빠져 있어요. 그저 저는 제가 당신과는 전혀 다르게 생각하고 있다는 사실만 알 뿐이에요. 법도 제 편이 아니라는 걸 알았으니, 법이 맞을 것이라는 생각도 머리에 집어넣을 수 없네요. 단지 여자라고 해서, 목숨이 위태로운 아버지를 위해 어떤 일을 할 수 있는 권리도 없을뿐더러 죽어 가는 남편을 살리기 위한 일을 할 권리도 없다니. 저는 이런 법을 도저히 믿을 수 없어요.

헬메르 아직도 어린애처럼 굴 작정이야? 당신은 이 사회를 전혀 몰라.

노라 그래요, 잘 몰라요. 하지만 지금부터 저는 제가 옳은지 사회가 옳은지 하나씩 알아 가기 시작할 거예요.

헬메르 정말 제정신이 아니야! 미열도 있는 것 같고. 얼이 나가 버린 거 아니야?

노라 토르발, 저는 오늘 밤처럼 분명하게 이야기해 본 적이 없어요.

헬메르 남편과 자식을 버려야 할 정도로?

노라 네, 그래요.

헬메르 그럼 이렇게밖에 이해할 수 없겠군.

노라 그게 뭐지요?

헬메르 당신은 더 이상 나를 사랑하지 않는다는 거야.

노라 맞아요, 정확히 아시네요.

헬메르 대체! 어떻게 그런 말을 할 수 있소?

노라 제 마음이 얼마나 힘들지는 생각해 보셨나요. 토르발, 당신이 제게 얼마나 다정하게 대해 주셨는지 알아요. 하지만 이제 어쩔 수 없어요. 이제 제가, 당신을 더 이상 사랑하지 않아요.

헬메르 (흥분을 가라앉히며) 그 생각도 분명한 거야? 확실해?

노라 그럼요. 이제 더 이상 제가 이 집에서 살아갈 수 없는 이유를 아시겠지요.

헬메르 당신이 왜 나를 사랑하지 않게 됐는지 이야기해 줄 수 있어?

노라 그래요. 그 설명은 해 드릴 수 있지요. 오늘 밤 저는 놀라운 일이 일어나리라 기대했어요. 하지만 그런 일은 일어나지 않았지요. 그리고 저는, 당신이 제가 생각했던 그런 사람이 아니라는 걸 깨닫게 됐어요.

헬메르 그게 무슨 말이요? 보다 자세히 설명해 봐요.

노라 저는 8년을 참았어요. 왜냐하면 놀라운 일은 쉽게 일어나지 않는다는 것은 잘 알았으니까요. 결국 불행이 닥쳐오자, 저는 사실 확신까지 했어요. 이제는 그 놀라운 일이 일어나겠구나. 크로그스타의 편지를 받고, 저는 당신이 그 사람의 꾀에 넘어가지 않으리라 확신했어요. 오히려 그 이야기를 온 세상에 떠벌려 보라고 할 줄 알았지요.

헬메르 뭐라고? 그렇다면 내가 아내를 모욕하게 되고 말잖아. 그런 일을 내가 할 줄 알았어?

노라 그래요. 저는 그렇게 그 사람이 모든 걸 이야기하면, 당신이 분명 저 대신 모든 잘못을 뒤집어쓰고 '모든 것은 내 잘못'이라고 이야기할 줄 알았어요.

헬메르 노라!

노라 그것이 제가 바라던 놀라운 일이었어요. 당신을 희생시키는 일은 제가 바라지 않을 거라고 여기시겠지요? 물론이에요. 저도 그렇게 됐다면, 가만히 있지 않았을 거예요. 저는 제 목숨도 버릴 각오가 돼 있었어요. 당신이 불행에 처할 그 일을 막기 위해서요.

헬메르 노라, 나는 당신을 위해서 기꺼이 밤낮을 가리지 않고 일할 수 있소. 또 어떠한 고통과 가난도 견딜 각오가 되어 있지. 하지만 자신의 명예까지 희생할 수 있는 남자는 없을 거요.

노라 수많은 여성은 이미 많은 것을 희생해 왔어요.

헬메르 노라, 참으로 당신은 사리 분별 없는 어린아이처럼 생각하고 말하는군.

노라 그럴 수도 있겠군요. 하지만 당신 또한 제가 의지할 수 있는 남자처럼 생각하지도, 말하지도 않았어요. 제가 아닌, 당신이 위험에 빠질까 봐 벌벌 떨 뿐이었지요. 하지만 그 위험이 지나갔다는 사실을 알자, 당신은 마치 아무 일도 없었다는 듯 저를 대하려고 했어요. 여전히 당신은 저를 종달새이자 다람쥐, 그리고 인형으로 생각하겠지요. 단지 제가 언제든 연약해지기 쉽다는 걸 알았기에 조금 더 소중히 대하리라는 것뿐. 그뿐이지요. (자리에서 일어나며) 토르발, 이제 저는 깨달았어요. 제가 그동안 이곳에서 그저 낯선 사람과 살았었구나. 심지어 그 사람과 세 명의 아이를 낳았구나. 아…… 이제 저는 더 견디지 못하겠어요! 차라리 이 몸이 갈기갈기 찢겨 나갔으면 좋겠어요!

헬메르 (무거운 목소리로) 알겠어. 우리 사이에 정말 엄청난 간극이 생겼군. 하지만 노라, 이 간극을 다시 메울 방법은 없는 걸까?

노라 없어요. 이제 저는 더 이상 당신의 아내가 되지 못해요.

헬메르 내가 달라지면 되는 거잖아, 응?

노라 그럴 수도 있겠군요. 당신의 인형이 떠난 후에는.

헬메르 당신 없이 내가 어떻게 살겠어! 노라, 차마 상상조차 못 하겠어!

노라 그렇다면 우리는 하루라도 더 빨리 헤어져야겠지요. (외투와 큰 가방을 들고 나와 테이블 옆 의자 쪽에 내려놓는다.)

헬메르 노라, 지금 바로 떠나지는 마! 내일 아침까지는 기다릴 수 있잖아.

노라 (외투를 입고) 낯선 남자와 어떻게 밤을 보낼 수 있겠어요.

헬메르 그렇다면 그저 친남매처럼 살 수도 없는 걸까?

노라 (모자를 쓰며) 그런 관계가 오래 지속되지 못할 거라는 건 당신도 잘 알잖아요. 잘 있어요, 토르발. 아이들은 차마 만날 수 없겠지요. 물론 이제는 저보다 더 좋은 사람이 돌봐 주겠지만…… 이제 제가 그 아이들을 위해 해줄 수 있는 것도 전혀 없네요.

헬메르 하지만 언젠가 우리가 다시…….

노라 글쎄요. 제가 앞으로 어떻게 될지 저도 잘 모르겠네요.

헬메르 당신은 나의 영원한 아내야. 지금은 물론이고, 앞으로도 영원히 나의 아내라고!

노라 토르발, 잘 들어요. 제가 지금처럼 당신의 곁을 떠난다면, 이제 당신은 저에 대해 책임져야 할 어떤 것도 사라진다고 들었어요. 이제 저는 당신을 모든 의무에서 해방시켜 드리는 거예요. 그렇다면 당신도 이제 어떤 구속도 느끼지 않겠지요. 물론 저도 마찬가지예요. 우리 이제 서로 완전한 자유를 찾기로 해요. 아, 당신이 준 결혼반지도 돌려드려야겠지요. 제 것도 주시겠어요?

헬메르 결혼반지까지…….

노라 자, 이제 할 일은 다 끝난 것 같군요. 아, 집 열쇠도 드려야지요. 집안일은 저보다 하녀들이 더 잘할 거예요. 내일은 크리스티네를 이곳에 오게 해서 짐을 꾸리게 할게요. 그건 제 고향 집으로 보내 주도록 하세요.

헬메르 아, 노라! 이제 다시는 내 생각을 하지 않겠다는 말이요?

노라 물론 생각나겠지요. 당신도, 아이들도, 이 집도.

헬메르 그렇다면 내가 편지를 보내도 될까?

노라 절대 안 돼요. 그러지 마세요.

헬메르 그럼…… 이 집에서 필요한 게 있다면 뭐라도 들고 나가요.

노라 제가 그렇게는 안 한다고 말씀드렸지요. 저는 이제 낯선 이에게는 어떤 도움도 받지 않을 거예요.

헬메르 내가 당신에게 낯선 사람, 그 이상이 될 수는 없는 걸까?

노라 (여행 가방을 챙기며) 토르발, 그건 지금보다 더 놀라운 일이 일어나야겠지요.

헬메르 말해 줘. 그렇게 놀라운 일이 뭔데?

노라 당신과 나, 우리 둘 다 변하는 일이요. 하지만 토르발, 저는 이제 더는 그런 일을 믿지 않아요.

헬메르 아니, 나는 믿어야겠어! 대체 우리가 어떻게 변해야 하는지!

노라 우리가 함께 사는 것이 진정한 결혼 생활이 되어야만 하겠지요. 그럼 이만. (복도로 나간다.)

헬메르 (의자에 주저앉아 머리를 손으로 감싸며) 노라! 아, 노라……. (주위를 둘러보다가 자리에서 일어나) 아, 이제 정말 아무도 없군. 그녀는 사라지고 말았어. (불현듯 밝은 목소리로) 그래, 우리에게 그런 기적 같은 일이 일어날 수도 있겠지……?

'쾅' 하고 현관문이 닫히는 소리가 들린다.

인형의 집

A Doll's House
Et Dukkehjem

작품 해설 및 작가 연보

「인형의 집(Et Dukkehjem)」 작품 해설

1. 작가의 생애

노르웨이의 극작가 헨리크 입센(Henrick Ibsen, 1828~1906)
은 1828년 3월 20일, 노르웨이의 텔레마르크 주 시엔(Skien)
에서 부유한 상인의 아들로 태어났다. 하지만 아버지의 파산
으로 가세가 기울어지면서 시골로 이사하게 된다. 1844년, 15
세 때 집에서 나와 그림스타드(Grimstad)에서 약국의 도제(徒
弟)로 일하게 된다. 이후에 그는 의사가 되기 위해 의과 대학
에 진학하려고 했으나 뜻을 이루지 못한다.

1850년에는 로마 시대 혁명가의 이야기를 다룬 희곡 「카
틸리나(Catilina)」를 발표하며 친구의 도움으로 출판하게 되
지만 큰 호응을 얻지 못한다. 그 후 희곡 「전사의 무덤」(1850)
이 극장에서 상연되면서 그는 대학 진학을 단념하고 본격적
으로 작가의 길을 걷기 시작한다. 1851년에는 베르겐의 국
립 극장의 전속 작가 겸 무대 감독으로 초청되며 「에스트로
트의 잉겔 부인」(1855), 「솔하우그의 향연(饗宴)」(1856), 「헤르

게트란의 전사(戰士)」(1857) 등의 희곡을 발표한다. 그러다가 1857년, 크리스티아니아에 있는 노르웨이 극장의 지배인이 되었으나 경영난으로 폐쇄된다. 이듬해 수잔나 토레슨과 결혼한다.

1862년에는 현대극 「사랑의 희극」을, 1863년에는 「왕위를 노리는 자들(The Pretenders)」을 발표했으나 크게 주목을 받지 못한다. 그러다가 이상을 좇는 목사 브랑의 이야기를 다룬 희곡 「브랑(Brand)」(1865)을 발표하며 이름을 널리 알리게 된다. 뒤이어 「페르 귄트(Peer Gynt)」(1867), 「황제와 갈릴리 사람」(1873) 등을 발표하며 작가로서의 입지를 굳히게 된다.

그 후 그는 사회의 부조리를 다룬 희곡 「사회의 기둥들(The Pillars of Society)」(1877)과 「인형의 집(Et Dukkehjem)」(1879)을 발표한다. 특히 여성 해방 운동의 시초가 된 「인형의 집」은 발표 당시 큰 반향을 일으키며 그해에 코펜하겐 왕립 극장에서 초연되어 입센의 이름을 세계적으로 알린 작품이다.

이후에도 입센은 활발한 창작 활동을 이어 나간다. 「유령(Gengangere)」(1881), 「민중의 적(En Folkefiende)」(1882), 「들오리(Vildanden)」(1884), 「로스메르 저택(Rosmersholm)」(1886), 「바다에서 온 여인(Fruen fra Havet)」(1888), 「헤다 가블레르(Hedda Gabler)」(1890), 「건축가 솔네스(Bygmester Solnes)」(1892), 「작

은 아이욜프(Lille Eyolf)」(1894), 「욘 가브리엘 보르크만(John Gabriel Borkman)」(1896) 등 수많은 작품을 발표하며 근대극의 선구자로 자리매김한다. 하지만 「우리 죽은 자들이 깨어날 때(When We Dead Awaken)」(1899)를 끝으로 뇌졸중이 발병해 집필 활동을 중단하게 된다. 그러다가 건강이 차츰 악화되어 1906년 5월 23일, 78세를 일기로 세상을 떠난다.

2. 작품 내용 살펴보기

귀여운 세 아이의 엄마이자 남편 헬메르의 사랑을 한몸에 받고 있던 노라는 행복한 가정생활을 꾸려 나가고 있었다. 하지만 이렇게 화목해 보이는 노라에게도 한 가지 걱정스러운 비밀이 있었다.

> **헬메르** 노라, 노라! 빚은 만들면 안 된다는 게 내 신념인 것 모르오? 자고로 빚을 진 집안은 활발할 수 없는 법이 지. 게다가 그 집안에는 항상 불길한 조짐이 생기는 법 이오. 지금껏 우리 둘이 잘 버텨 왔잖소. 조금만, 아주 조금만 더 참아 주오.

그것은 바로 헬메르가 아팠을 당시에 남편 몰래 아버지의 서명을 위조해 돈을 빌려 치료비를 대신했던 것이다. 절대 빚을 지면 안 된다는 헬메르의 대사는 노라의 빚 때문에 가정에 불화가 생길 것을 암시하고 있다. 노라는 그것이 분명 잘못된 행동이라는 것을 알고 있었지만, 당시 여성의 이름으로는 대출을 받기가 어려웠다. 따라서 그것은 사랑하는 남편을 위해 그녀가 할 수 있었던 불가피한 선택이었다.

건강을 회복한 남편은 은행 전무로 승진하며 노라의 가정에는 다시 평화와 행복이 찾아온 듯했다. 하지만 남편의 부하 직원이자 노라가 돈을 빌릴 때 부정한 짓에 관여한 크로그스타가 그녀를 찾아온다.

> **크로그스타** 영향력 있는 사람의 비위를 건드리면 안 된다는 뜻이겠지요?
>
> **노라** 잘 아시네요.
>
> **크로그스타** (어조를 바꾸며) 헬메르 부인……. 그렇다면 제발 부탁드리옵건대, 그 영향력을 저에게도 써 주시지 않겠습니까?
>
> **노라** 무슨 뜻인가요? 제가 대체 뭘 어떻게 하라는 거지요?
>
> **크로그스타** 제가 은행에서 이 일자리를 유지할 수 있도록

힘을 써 주십사 하는 겁니다.

　그는 업무상 비리를 저질러 직장에서 퇴출될 위기에 처해
있었다. 그래서 노라에게 자신을 도와달라는 부탁을 하기 위
해 찾아온 것이다. 말은 부탁이었지만 실상은 협박에 가까운
것이었다. 그는 자신을 도와주지 않으면 그녀가 저지른 부정
한 짓을 남편에게 폭로하겠다고 선언한다.

크로그스타 악법이든 아니든……. 일단 제가 이 증거들을
　　　법정에 제출하면 당신은 법의 심판을 받을 것입니다.
노라 아니요. 저는 그렇게 생각하지 않아요. 저는 아버지의
　　　목숨을 지키기 위해 할 도리를 다했어요. 또 남편의 목
　　　숨을 구하기 위해 이런 일을 한 것이고요. 제가 법에
　　　대해서 정확히 아는 것은 아니지만, 분명 어딘가에 이
　　　런 저의 동기는 용서받을 이유가 된다고 틀림없이 적
　　　혀 있을 거예요. 변호사인 당신이 이런 것도 모르다니,
　　　정말 당신은 나쁜 사람이군요.
크로그스타 뭐, 그럴지도 모르겠습니다. 하지만 분명히 기
　　　억하세요. 제가 우리 두 사람과 관련된 일만큼은 누구
　　　보다 명확히 알고 있다는 것을 말이지요. 알겠습니다.

그럼 부인이 하고 싶은 대로 하십시오. 다만, 제가 쫓
겨나게 된다면 당신의 처지도 온전하지는 못할 겁니
다. (인사를 건네고는 밖으로 나간다.)

남편 역시 노라가 문서를 위조한 사실로 협박을 당하게 된
다. 이 일로 남편은 자신의 명예가 실추되고 출셋길이 막힐까
봐 전전긍긍하며 노라에게 온갖 비난을 퍼붓는다.

헬메르 아! 이게 대체 다 뭐란 말인가! 그동안 내가 그토록
사랑했던 여자가 알고 보니 거짓말쟁이, 심지어 범죄
자였다니! 당신이 이렇게나 더러운 사람이었다니! (노
라는 말을 잇지 못하고 굳은 표정으로 그를 바라본다.)
이게 다 당신 아버지 피를 물려받아서 그래! 내가 미리
짐작이라도 했어야 됐는데! 그러니 도덕도, 의무감도,
양심도 없지. 난 당신의 아버지를 눈감아 준 죗값을 치
르게 된 거야. 내가 당신에게 얼마나 최선을 다했는데,
이런 식으로 갚아 주다니!

노라 네, 결국 이렇게 됐네요.

헬메르 당신이 내 앞날을 엉망으로 만들었다고, 알아? 이제
난 부도덕한 짐승의 손아귀에 놓이게 됐다고! 그 짐승

은 나를 마음대로 부려 먹고, 나는 감히 반항조차 못하
겠지. 난 끝났어! 파멸로 이를 거라고! 이게 다 막돼먹
은 여편네 때문에 생긴 일이야!

다행히 심경의 변화를 일으킨 크로그스타는 노라가 위서
(僞書)한 차용증을 돌려보냄으로써 그녀의 가정은 다시 예전
의 평화를 되찾은 듯했다. 하지만 노라는 이 일을 계기로 자
신의 위치를 새롭게 깨닫게 된다.

헬메르 노라, 대체 무슨 소리야? 어떻게 내 은혜를 모를 수
있어. 그렇다면 당신은 이곳에서 단 한 번도 행복했던
적이 없단 말이야?

노라 맞아요. 한 번도 없었지요. 아니, 행복하다고 믿고 있
었지만 실은 단 한 번도 행복하지 않았던 거예요.

헬메르 정말 단 한 번도…… 행복하지 않았다는 거요?

노라 맞아요. 단지 저는 쾌활하게 굴었을 뿐이에요. 물론 당
신은 그런 저에게 친절하게 대했던 것도 사실이지요.
하지만 결국 우리 가정은 인형 놀이를 하는 공간에 지
나지 않았던 거예요. 여기서 저는 당신의 인형이었지
요. 제가 결혼하기 전, 아버지의 인형이었던 것처럼. 제

가 아이들을 대할 때, 아이들이 기뻐하던 것처럼. 당신
이 저를 갖고 놀아 주면 저는 그저 기뻐하기만 했지요.
그것이 우리의 관계였던 거예요, 토르발.

(…)

노라 하지만 이번에는 당신의 말씀이 전적으로 맞아요. 저
는 아이들을 가르칠 자격이 없어요. 우선 제 스스로를
가르쳐야겠지요. 또한 당신도 저 자신을 교육시키는
데 도움을 줄 수 있는 분이 아니에요. 그것은 오롯이
저 혼자 해내야만 하는 일이니까요. 그래서 저는 이제
당신 곁을 떠나려 하는 거예요.

헬메르 (깜짝 놀라 벌떡 일어서며) 노라! 대체 지금 무슨 말
을 하는 거요?

노라 나를 알고 세상을 알기 위해서, 저는 이곳을 나가야만
해요. 그렇기에 저는 더 이상 당신과 함께 있고 싶지
않은 거예요.

(…)

노라 제가 가장 소중하게 지켜야 할 의무가 뭐라고 생각하시지요?

헬메르 당연히 남편과 아이들이지. 이걸 굳이 말로 이야기해야 돼?

노라 맞아요. 하지만 그것들과 똑같이 소중한, 다른 의무가 있어요.

헬메르 그런 게 어디 있다고, 대체? 그게 뭔데 그래?

노라 제 자신에 대해 지켜야 할 의무지요.

비록 문서를 위조하는 부정한 짓을 저지르기는 했지만 그동안 한 아이의 어머니이자 한 남자의 아내로서 성실히 가정을 지켜 왔던 노라는 자신이 한낱 인형에 불과하다고 여겨질 뿐이었다. 헬메르는 가출을 결심한 노라를 향해 어머니와 아내로서의 도리와 의무를 저버리는 짓이라고 비난한다. 하지만 그녀는 자기 자신에 대한 의무도 있다면서 남편의 만류를 뿌리치고 집을 나간다.

사실주의 연극의 초기 대표작으로 평가받는 「인형의 집」은 노라의 가출이라는 파격적인 결말로 끝을 맺는다. 이 작품은 남편의 가부장적인 권위에 복종하며 가족에 헌신하는 순종적인 여성상을 미덕으로 여기던 당시 사회에 충격을 던져 주었다. 누군가의 아내이고 어머니이기 이전에 독립된 인격체로서 여성의 자유와 권리를 찾기 위한 해방의 메시지를 주는 이 작품은 여성과 아내라는 이름으로 자행된 도덕의 기만성과 폭력성을 폭로함으로써 사회에 큰 반향을 불러일으켰다. 당시 어머니와 아내라는 굴레를 벗어던지고 진정한 자아를 찾아 떠나는 노라의 결단에 대해 격렬한 찬반론이 대립하기도 했다.

오늘날에도 노라는 신여성의 대명사로 불린다. 이는 노라이즘(Noraism)[1]이라는 용어가 생길 정도로 사회에 큰 영향을 미치고 있으며, 곳곳에 여성 해방 운동의 불길을 지폈다.

3. 마치며

입센이 이 작품을 썼던 당시, 노르웨이는 여성이 남성에게 종속되었던 시대였다. 그래서 이 작품은 세간의 주목을 받을 수밖에 없었다. 입센은 이 작품으로 작가로서 이름을 널리 알리며 여성 해방 운동의 선구자로 인식되기 시작했다.

---

1) 인습에 반항해 인간으로서의 여성의 독립된 지위를 확립하려는 주의. 입센의 희곡 「인형의 집」의 여자 주인공 '노라'의 이름에서 유래되었다.

노라가 원했던 것은 자기 자신의 모습으로 인정받는 것이었다. 누군가의 아내와 어머니, 딸로서 기능하는 존재가 아닌, 온전한 나로서 사랑받고 싶었던 것이다. 노라의 모습은 오늘날 여성들의 모습과 크게 다르지 않다. 물론 과거보다 여성의 인권이 신장되었지만, 오늘날에도 여전히 많은 여성이 자신의 목소리를 내기 힘든 것이 현실이다.

그렇다고 남편 헬메르를 무조건 비난할 수만은 없다. 그는 노라의 집안까지 거론하며 그녀의 부덕한 행실을 가혹하게 비난했지만, 그는 누구보다 성실하고 다정한 남편이자 아버지였다. 노라의 행동이 남편을 위한 일이었다고 할지라도 분명 그녀의 잘못이었기에 헬메르의 입장도 충분히 이해되어야 할 것이다.

이렇듯 「인형의 집」의 내용은 오늘날 우리가 살아가는 현실과 크게 다르지 않다. 이 작품은 한 세기 이상을 훌쩍 뛰어넘어 오늘날에도 수많은 독자의 사랑을 받으며 때로는 논쟁의 불씨가 되기도 한다. 이러한 파급력 역시 고전이 가진 힘이다. '진정한 나'를 찾기 위한 여성들의 용기 있는 도전이 멈추지 않는 한 이 작품은 앞으로도 오랫동안 우리 곁에 머물 것이다.

작가 연보

1828년 노르웨이 남부의 작은 항구 도시인 시엔에서 상인 집 안의 아들로 태어남.

1836년 아버지가 파산해 가족이 시골에 있는 곳으로 이사함.

1844년 집을 떠나 그림스타드에서 약국 일을 배우기 시작함. 장차 의사를 꿈꾸며 대학 진학을 위해 노력하지만 뜻을 이루지 못함.

1850년 「카틸리나」 발표. 대학 준비를 위해 크리스티아니아 (현 오슬로)로 이사. 친구 슐레루드의 도움으로 「카틸리나」를 출판하지만, 큰 성공을 거두지는 못함. 의과 대학 진학에 실패해 문학으로 방향을 바꾸기로 함. 「전사의 무덤」 상연.

1851년 베르겐의 국립 극장의 전속 작가로 초빙.

1852년 국립 극장에서 장학금을 받고 덴마크와 독일 등으로 연극에 대한 연구를 위해 떠남.

1853년 「성자 요한의 밤」 상연.

1856년 「솔하우그의 향연」 상연.

1857년 「올라프 릴리에크란스」 상연. 크리스티아니아의 '노르웨이 극장'의 예술 감독으로 취직. 경제적 어려움으로 자살 시도.

1858년 「헬레간트의 바이킹」 상연. 수잔나 토레슨과 결혼.

1859년 외동아들 시구르드 출생.

1862년 '노르웨이 극장' 파산. 최초의 현대극 「사랑의 희극」 출판. 대학의 지원을 받아 노르웨이 곳곳을 돌아다니며 민요와 신화를 수집함.

1863년 크리스티아니아의 한 극장에서 문학 고문을 맡음. 사극 「왕위를 노리는 자들」 출판. 정부로부터 장학금을 받음.

1864년 「왕위를 노리는 자들」 상연. 이후 약 27년간 노르웨이를 떠나 주로 타국에서 생활함.

1865년 「브랑」 발표. 스칸디나비아에서 첫 성공을 거둠.

1867년 「페르 귄트」 발표. 첫 반응은 미온적이었으나, 이후 노르웨이의 음악가 에드바그 그리그에 의해 악극으로 개작되며 큰 성공을 거둠.

1868년 독일 드레스덴으로 이주.

1869년 「청년 동맹」 발표. 어머니 사망. 수에즈 운하 개통식에서 노르웨이인 대표로 참가.

1873년 「황제와 갈릴리 사람」 발표. 그는 이 작품을 자신의 대표작이라 칭함.

1875년 독일 뮌헨으로 이주.

1877년 「사회의 기둥들」 발표. 아버지 사망.

1879년 「인형의 집」 발표.

1881년 「유령」 발표. 이 작품은 근대 희곡의 가장 완성도 있는
작품으로 평가받음.

1882년 「민중의 적」 발표.

1884년 「들오리」 발표.

1886년 「로스메스 저택」 발표.

1888년 「바다에서 온 여인」 발표.

1890년 「헤다 가블레르」 발표.

1891년 고국인 노르웨이로 돌아와 크리스티아니아에 정착.

1892년 「건축가 솔네스」 발표.

1894년 「작은 아이욜프」 발표.

1896년 「욘 가브리엘 보르크만」 발표.

1899년 마지막 작품 「우리 죽은 자들이 깨어날 때」 발표.

1900년 뇌졸중 발병. 이후로 활동 중단.

1903년 두 번째 뇌졸중 발병. 걸음을 내딛는 것조차 어려워짐.

1906년 78세를 일기로 사망.

거장의 숨소리를 만나는 특별한 여행

001 | 위대한 개츠비 × F. 스콧 피츠제럴드 Francis Scott Key Fitzgerald
• 〈타임〉 선정 '현대 100대 영문 소설' • 랜덤하우스 선정 '20세기 100대 영문 소설' 2위
• BBC 선정 '반드시 읽어야 할 고전'

002 | 동물농장 × 조지 오웰 George Orwell
• 〈타임〉 선정 '현대 100대 영문 소설' • 미국 대학위원회 SAT 추천 도서 • 〈뉴스위크〉 선정 '세계 100대 명저' • BBC 선정 '지난 1,000년간 최고의 문학가' 3위

003 | 노인과 바다 × 어니스트 헤밍웨이 Ernest Hemingway
• 노벨 연구소 선정 '세계 문학 100대 작품' • 〈뉴스위크〉 선정 '세상을 움직인 100권의 책'
• 우리나라 문인이 가장 선호하는 '세계 문학 100선'

004 | 데미안 × 헤르만 헤세 Herman Hesse
• 미국 대학위원회 SAT 추천 도서 • 1946년 노벨 문학상 수상 작가 • 우리나라 문인이 가장 선호하는 '세계 문학 100선'

005 006 007 | 오만과 편견 × 제인 오스틴 Jane Austen
• 미국 대학위원회 SAT 추천 도서 • 노벨 연구소 선정 '세계 문학 100대 작품'
• BBC 선정 '지난 1,000년간 최고의 문학가' 2위

008 009 | 1984 × 조지 오웰 George Orwell
• 〈타임〉 선정 '현대 100대 영문 소설' • 〈뉴스위크〉 선정 '역대 세계 최고의 책' 2위
• BBC 선정 '지난 1,000년간 최고의 문학가' 3위

010 | 이방인 × 알베르 카뮈 Albert Camus
• 미국 대학위원회 SAT 추천 도서 • 1957년 노벨 문학상 수상 작가 • 노벨 연구소 선정 '세계 문학 100대 작품' • 우리나라 문인이 가장 선호하는 '세계 문학 100선'

*** | 파우스트 1~2 × 요한 볼프강 폰 괴테 Johann Wolfgang von Goethe
- 미국 대학위원회 SAT 추천 도서
- 서울대학교 선정 '권장 도서 100선'
- 국립중앙도서관 선정 '청소년 권장 도서'

*** | 바냐 아저씨 × 안톤 체호프 Anton Pavlovich Chekhov
- 서울대학교 선정 '동서 고전 100선'

*** | 로미오와 줄리엣 × 윌리엄 셰익스피어 William Shakespeare
- 미국 대학위원회 SAT 추천 도서
- 서울대학교 선정 '동서 고전 200선'

*** | 바람이 분다 × 호리 다쓰오 Tatsuo Hori
- 애니메이션 〈바람이 분다〉 원작

*** | 세 가지 질문 × 레프 니콜라예비치 톨스토이 Leo Nikolayevich Tolstoy
- 영어권 문학가들이 뽑은 '가장 좋아하는 작가'

*** | 맥베스 × 윌리엄 셰익스피어 William Shakespeare
- 미국 대학위원회 SAT 추천 도서
- 서울대학교 선정 '권장 도서 100선'
- 연세대학교 선정 '필독 도서 200선'
- 국립중앙도서관 선정 '청소년 권장 도서'

*** | 외투 · 코 × 니콜라이 바실리예비치 고골 Nikolai Vasilievich Gogol
- 러시아 단편 소설의 모태가 된 작품

*** | 리어 왕 × 윌리엄 셰익스피어 William Shakespeare
- 미국 대학위원회 SAT 추천 도서 • 〈뉴스위크〉 선정 '세계 100대 명저'
- 〈가디언〉 선정 '권장 도서'

*** | 좁은 문 × 앙드레 지드 Andr-Paul-Guillaume Gide
- 1947년 노벨 문학상 수상 작가

*** │ 벚꽃 동산 × 안톤 체호프 Anton Pavlovich Chekhov

• 세계 3대 단편 소설 작가의 극작품 • 1888년 푸쉬킨상 수상 작가

*** │ 벤자민 버튼의 시간은 거꾸로 간다 × F. 스콧 피츠제럴드 Francis Scott Key Fitzgerald

• 영화 〈벤자민 버튼의 시간은 거꾸로 간다〉 원작

*** │ 눈의 여왕 × 한스 크리스티안 안데르센 Hans Christian Andersen

• 노벨 연구소 선정 '세계 문학 100대 작품' • 세계를 움직인 100권의 책

*** │ 개를 데리고 다니는 여인 × 안톤 체호프 Anton Pavlovich Chekhov

• 노벨 연구소 선정 '세계 문학 100대 작품' • 서울대학교 선정 '고전 200선'
• 1888년 푸쉬킨상 수상 작가

*** │ 귀여운 여인 × 안톤 체호프 Anton Pavlovich Chekhov

• 노벨 연구소 선정 '세계 문학 100대 작품' • 1888년 푸쉬킨상 수상 작가

*** │ 이솝 이야기 × 이솝 Aesop

• 서울 독서교육연구회 권장 도서 • 어린이 독서위원회 권장 도서

*** │ 무기여 잘 있거라 × 어니스트 헤밍웨이 Ernest Hemingway

• 1954년 노벨 문학상 수상 작가

*** │ 네 개의 서명 × 아서 코난 도일 Arthur Conan Doyle

• BBC 드라마 〈셜록〉 원작

*** │ 배스커빌가의 개 × 아서 코난 도일 Arthur Conan Doyle

• BBC 드라마 〈셜록〉 원작

*** │ 미녀와 야수 × 잔 마리 르 프랭스 드 보몽 Jeanne-Marie Leprince de Beaumont

• 애니메이션 〈미녀와 야수〉 원작

*** │ 공포의 계곡 × 아서 코난 도일 Arthur Conan Doyle

• BBC 드라마 〈셜록〉 원작

*** | **톰 소여의 모험** × **마크 트웨인** Mark Twain
- 1876년 출간 이후 절판된 적이 없는 스테디셀러

*** | **포로기** × **오오카 쇼헤이** Shohei Ooka
- 제1회 요코미쓰 리이치상 수상 작가

*** | **인공호흡** × **리카르도 피글리아** Ricardo Piglia
- 1997년 플라네타상 수상 작가
- 아르헨티나 작가 선정 '아르헨티나 역사상 가장 위대한 10대 소설'

*** | **정글북** × **조지프 러디어드 키플링** Joseph Rudyard Kipling
- 1907년 노벨 문학상 최연소 수상 작가
- 애니메이션, 영화 〈정글북〉 원작

*** | **신곡—연옥** × **단테 알리기에리** Alighieri Dante
- 미국 대학위원회 SAT 추천 도서 • 〈뉴스위크〉 선정 '세계 100대 명저'
- 서울대학교 선정 '권장 도서 100선' • 국립중앙도서관 선정 '고전 100선'

*** | **황금 물고기** × **J.M.G. 르 클레지오** Jean-Marie-Gustave Le Clezio
- 2008년 노벨 문학상 수상 작가

*** | **판탈레온과 특별봉사대** × **마리오 바르가스 요사** Mario Vargas Llosa
- 〈포린 폴리시〉 선정 '가장 영향력 있는 지식인 100인'
- 1994년 세르반테스상 수상 작가

*** | **잠자는 숲속의 공주** × **샤를 페로** Charles Perrault
- 애니메이션 〈잠자는 숲속의 공주〉 원작

*** | **나귀 가죽** × **오노레 드 발자크** Honore de Balzac
- 작가의 '철학 연구'의 첫 번째 자리에 배치된 작품

*** | **노예 12년** × **솔로몬 노섭** Solomon Northup
- 영화 〈노예 12년〉 원작

*** | 둔황 × 이노우에 야스시 Yasushi Inoue
- 1960년 제1회 마이니치예술대상 수상작
- 1976년 일본 문화 훈장 수상 작가

*** | 어느 어릿광대의 견해 × 하인리히 뵐 Heinrich Boll
- 1972년 노벨 문학상 수상 작가

*** | 웃는 남자 1~3 × 빅토르 위고 Victor Marie Hugo
- 영화, 뮤지컬 〈웃는 남자〉 원작
- 한국간행물윤리위원회 선정 '청소년 권장 도서'

*** | 휴먼 스테인 × 필립 로스 Philip Roth
- 1997년 퓰리처상 소설 부문 수상 작가

*** | 바보들을 위한 학교 × 사샤 소콜로프 Sasha Sokolov
- 1996년 푸쉬킨 메달 수상 작가

*** | 톰 아저씨의 오두막 1~2 × 해리엇 비처 스토 Harriet Beecher Stowe
- 미국 최초의 밀리언셀러 소설

*** | 아버지와 아들 × 이반 세르게예비치 뚜르게네프 Ivan Sergeevich Turgenev
- 미국 대학위원회 SAT 추천 도서
- 서울대학교 선정 '동서 고전 200선'
- 우리나라 문인이 가장 선호하는 '세계 문학 100선'

*** | 베니스의 상인 × 윌리엄 셰익스피어 William Shakespeare
- BBC 선정 '지난 1,000년간 최고의 문학가' 1위

*** | 해부학자 × 페데리코 안다아시 Federico Andahazi
- 16세기에 실존한 해부학자 마테오 콜롬보를 다룬 소설

*** | 긴 이별을 위한 짧은 편지 × 페터 한트케 Peter Handke
- 1979년 카프카상 수상 작가

옮긴이 | 이재호

연세대학교를 졸업했다. 출판사에서 다년간 외서 기획자 및 편집장으로 일했다. 현재는 단행본 편집과 번역 업무를 병행하고 있다. 옮긴 책으로는 『사양』, 『프랑켄슈타인』 등이 있다.

옮긴이 | 이한준

한림대학교에서 언론정보학을 전공했다. 대중과 괴리되지 않는 어휘로 옮기기 위해 노력하고, 부전공으로 공부한 사회학을 토대로 사회적 소수자를 배려하는 번역을 위해 공을 들였다. 옮긴 책으로는 『사양』 등이 있다.

해설 | 엄인정

국민대학교 국어국문학과를 졸업하고 동 대학원에서 국어교육학을 전공했다. 현재 단행본 편집과 영한 번역 업무를 병행하며 프리랜서로 활동 중이다. 옮긴 책으로는 『데미안』, 『톨스토이 단편선』, 『오만과 편견』, 『카프카 단편선』, 『그리스인 조르바』 등이 있다.

인형의 집

1판 1쇄 발행 2019년 1월 11일

지은이 헨리크 입센
옮긴이 이재호·이한준
해설 엄인정
펴낸이 생각투성이
편집 안주영
디자인 생각을 머금은 유니콘
마케팅 김사랑

발행처 생각뿔
주소 서울시 서초구 반포동 66-1 코웰빌딩 102호
등록번호 제233-94-00104호
전화 02-536-3295
팩스 02-536-3296
커뮤니티 www.facebook.com/tubook2018(페이스북)
e-mail tubook@naver.com
ISBN 979-11-89503-45-1(04800)
         979-11-964400-8-4(세트)

생각뿔은 '생각(Thinking)'과 '뿔(Unicorn)'의 합성어입니다.
신화 속 유니콘의 신성함과 메마르지 않는 창의성을 추구합니다.